MATE RUN : PIA

L'Agence Cœur à Cœur 1

Par

Zena Wynn

© 2025

Une publication de Real Love Enterprises

ISBN 978-1-958215-47-0

TOUS DROITS RÉSERVÉS.

Mate Run : Pia

L'Agence Cœur à Cœur 1

Copyright © 2025 par Zena Wynn

Illustration de couverture : Shirley Burnett

Éditrice : Vivienne Williams

Chapitre Un

Pia Montgomery

J'étais assise dans une chaise de style réalisateur qui laissait mes pieds pendants. Derrière moi se trouvait un rideau noir allant du sol au plafond. Au-dessus de ma tête, un micro sur perche captait chaque mot. L'appareil était si sensible que je pouvais presque entendre ma propre respiration. Ce qui me déstabilisait, c'était la caméra vidéo pointée directement sur moi. L'intervieweuse, Jillian, était assise face à moi mais sur le côté, juste hors du champ de la caméra. Les lumières vives créaient un éblouissement qui rendait difficile de la voir.

— Je ne savais pas que cette interview serait filmée, ai-je dit.

— Nous avons constaté que filmer l'entretien donne au candidat partenaire une bien meilleure idée de votre véritable personnalité. C'est si facile de simplement cocher une case sur un écran d'ordinateur. Ceci est plus personnel, a expliqué Jillian.

Les yeux plissés contre l'éblouissement, je n'ai pas répondu. Jillian savait que je n'étais pas contente. On ne m'avait pas prévenue et j'avais eu peu de temps pour me rafraîchir avant d'être placée devant la caméra. Je portais encore ma tenue d'infirmière, bon sang, et je n'avais pas de maquillage. La chose la plus positive que je pouvais dire sur mon apparence était que mes cheveux étaient soignés et qu'il n'y avait rien entre mes dents.

— Commençons par les bases. Comment vous appelez-vous ? a demandé Jillian.

— Pia.

— Votre nom de famille ? a-t-elle demandé.

— Juste Pia. Je ne donnais pas mon nom et mon prénom. L'agence, L'Agence Cœur à Cœur, les avait dans ses dossiers.

— D'accord, Pia, quel âge avez-vous ?

— Quarante-trois ans.

— Êtes-vous célibataire au sens de jamais mariée, ou divorcée ?

— Jamais mariée, ai-je dit.

— Et pourquoi cela ?

J'ai pensé à toutes les réponses que je pourrais donner : je n'ai jamais rencontré le bon gars, ce n'a jamais semblé être le bon moment, je suis trop difficile. Tout cela était vrai. Finalement, j'ai dit : — Ces vingt dernières années, je me suis concentrée sur l'avancement de ma carrière. Cela n'a pas laissé de temps pour autre chose.

— Que faites-vous dans la vie ?

— Je suis infirmière en traumatologie.

— Cela semble très stressant, a dit Jillian. Pour la première fois, sa voix avait perdu le ton robotique d'une femme qui avait posé les mêmes questions des centaines de fois. Elle semblait réellement impressionnée.

J'ai fait tourner mon cou de gauche à droite. — Ça peut l'être.

— Parlez-moi de votre travail, m'a-t-elle encouragée.

— Je travaille aux urgences de l'hôpital Mercy General, en prenant soin de patients avec des blessures critiques, parfois mortelles. Je trie les patients à leur arrivée, m'assurant que les plus critiques sont vus en premier. Mes heures de travail sont de dix-neuf heures à sept heures du matin. C'est ce que dit l'emploi du temps, mais je dépasse fréquemment. Si les urgences sont bondées, je ne peux pas simplement partir parce que l'horloge indique qu'il est l'heure, ai-je dit.

— Non, je n'imagine pas que vous le puissiez. Pourquoi venir à L'Agence Cœur à Cœur ?

C'était difficile de parler à une voix sans visage. L'effort pour discerner Jillian dans l'ombre faisait mal à mes yeux. J'ai cligné des yeux, regrettant de ne pas avoir porté de lunettes de soleil. Après avoir travaillé quatorze heures d'affilée, mes yeux étaient fatigués, et les lumières semblaient être une torture. — La raison pour laquelle la plupart des femmes le font, je suppose. J'aimerais partager ma vie avec quelqu'un. Attendre que quelqu'un me trouve n'a pas très bien fonctionné. Il est temps que je devienne plus proactive.

— Je comprends, mais cela ne répond pas à la question. Pourquoi L'Agence Cœur à Cœur en particulier ?

— Vous voulez dire pourquoi venir dans une agence de rencontres qui se spécialise dans la recherche de partenaires pour les infectés ? ai-je demandé.

— Oui. La plupart des gens en ont peur. Ou pensent que ce sont des animaux, a dit Jillian.

— Tout d'abord, je suis une professionnelle de santé. Je sais exactement ce que sont les infectés, et ce qu'ils ne sont pas. J'ai traité ma part de nouveaux infectés et je sais comment le virus attaque le corps. Malgré de nombreuses caractéristiques animales, les infectés ne sont pas des animaux. Ils ne se transforment pas en loups-garous, ou quelle que soit la combinaison animale dont ils ont été infectés. Sont-ils plus forts, plus rapides, plus intelligents et plus rusés que l'humain moyen ? Oui, ils le sont. Leurs émotions sont plus volatiles, et ils sont plus guidés par leurs instincts que la population non infectée, ai-je dit.

— On dirait que vous savez de quoi vous parlez, a dit Jillian.

J'ai dû me retenir de toutes mes forces pour ne pas lever les yeux au ciel. — J'ai un master en soins infirmiers. Pour traiter les infectés, nous avons dû tout apprendre sur eux.

— Donc encore une fois, pourquoi rechercher les infectés ? Comme un chien avec un os, Jillian revenait sans cesse à cette même question.

— J'ai vu les infectés avec leurs partenaires. Il y a un lien, un sens de la loyauté et de l'engagement que je ne vois pas chez les couples non infectés. Peut-être est-ce dû à leur nature animale ? Les scientifiques disent que les loups s'accouplent pour la vie. C'est le type de relation que je veux.

— Merci, Pia. C'est tout ce dont j'ai besoin.

Jillian appuya sur sa télécommande et le voyant rouge de la caméra s'éteignit. Un autre bouton éteignit deux des lumières au plafond. Mes yeux voyaient encore des halos, et je clignai des paupières pour laisser le temps à mes pupilles de s'adapter.

— C'est tout ?

D'une certaine manière, je pensais qu'il y aurait plus. Où étaient les questions sur mes goûts et mes aversions, mes passe-temps et ce que je recherchais chez un homme ?

— Oui. Nous voulons laisser quelque chose à découvrir à votre partenaire par lui-même. Il y a encore une chose dont j'ai besoin de votre part, dit Jillian. Quelque chose dans sa voix me disait que je n'allais pas apprécier.

— Quoi ?

Elle me tendit un sac plastique refermable.

— J'ai besoin que tu enlèves ta culotte et que tu la mettes là-dedans.

Je clignai lentement des yeux, certaine d'avoir mal entendu.

— Pardon ?

— Ta culotte. Dans ce sac, répéta patiemment Jillian.

Hésitante, je tendis la main et pris le sac.

— Pourquoi ?

Elle me fit un sourire compréhensif.

— Les infectés déterminent la compatibilité sur la base de l'odeur.

Comme un animal, pensai-je, sans le dire.

Me rappelant que c'était moi qui avais initié ce processus, j'allai dans la salle de bain pour faire ce qu'on me demandait. En plaçant le coton simple dans le sac, je haussai mentalement les épaules. Mes sous-vêtements tendaient vers le confort et le pratique. Là encore, si j'avais été prévenue, j'aurais peut-être choisi quelque chose de plus féminin et attrayant. Quelque chose qui disait « Femme sexy et excitante » et non « ennuyeuse et pratique ».

Je sortis de la salle de bain, heureuse que la prochaine étape soit le retour à la maison. Être sans culotte en public n'était pas une sensation que j'appréciais.

— Quelle est la prochaine étape ?

— Si tu es sélectionnée, nous te contacterons, dit Jillian.

Sa réponse ne me plaisait pas.

— Donc, je ne peux pas voir les photos des partenaires potentiels ?

— Non, le choix revient entièrement au mâle. Les mâles infectés aiment chasser, pas être chassés.

Jillian rit comme si elle avait fait une blague. Si c'était le cas, je n'en saisissais pas l'humour. J'avais beaucoup misé là-dessus.

— Quelles sont les chances que je sois sélectionnée ? J'imagine que je suis plus âgée que ta cliente habituelle.

C'était quelque chose à quoi j'avais beaucoup réfléchi, et l'une des raisons pour lesquelles j'avais hésité à franchir cette dernière étape. Jillian était une jeune femme séduisante d'une vingtaine d'années. Je ne pensais pas qu'elle comprendrait mon inquiétude.

Jillian posa une main rassurante sur mon bras.

— Les mâles infectés ne s'inquiètent pas de choses comme l'âge, la race, la forme ou la taille.

Elle leva le sac en plastique et le secoua.

— Tout est question de phéromones. Une seule bouffée et ils savent. Ne t'inquiète pas. Je suis sûre que nous trouverons un partenaire pour toi. Les mâles sont beaucoup plus nombreux que les femelles disponibles. C'est pour cela que L'Agence Cœur à Cœur a été créée. Nous avons des agences partout dans le monde.

Cela soulevait une autre question. Et si mon partenaire vivait dans une autre ville, un autre État, ou même un autre pays ? Étais-je prête à déménager pour être avec lui ?

Une chose à la fois, Pia.

Un bâillement me surprit.

— Désolée. La longue nuit me rattrape. Tu as mes coordonnées ?

J'avais indiqué mon nom, mon numéro de téléphone et mon adresse e-mail sur le formulaire.

Jillian sourit de manière rassurante.

— Oui. Rentre chez toi et repose-toi. Nous te contacterons.

— D'accord.

Un autre bâillement secoua mon corps.

— Merci de m'avoir reçue, même si j'étais en retard pour mon rendez-vous.

Jillian sourit, son visage aimable se plissant autour des yeux et de la bouche.

— Comme tu l'as dit, quand ça bouge, on ne peut pas simplement quitter l'hôpital parce que l'horloge indique qu'il est temps de partir.

Je lui rendis un sourire fatigué.

— Maintenant, je dois vraiment y aller avant de m'endormir dans le train et de rater mon arrêt. Ça m'est déjà arrivé. Ce n'est pas amusant. Passe une bonne journée. J'espère avoir de tes nouvelles bientôt.

Chapitre Deux

Pia

Malgré l'optimisme de Jillian, un mois passa sans nouvelles. Nous étions en sous-effectif à l'hôpital — quand ne l'étions-nous pas ? — alors je m'en rendais à peine compte. Ma vie était engloutie par le travail, le travail et encore le travail. Quand je n'étais pas à l'hôpital, je dormais ou j'essayais de tenir le rythme avec les tâches ménagères. À la sixième semaine, j'avais complètement oublié L'Agence Cœur à Cœur.

Je quittais l'hôpital après une éreintante garde de quatorze heures, remplaçant une autre infirmière qui travaillait de jour. Travailler de sept heures du matin à sept heures du soir était un changement de rythme pour moi — des médecins différents, des infirmières différentes, du personnel médical d'urgence et des ambulanciers différents. Je n'étais pas habituée à quitter l'hôpital dans l'obscurité, ni à terminer mon service quand les personnes que je connaissais prenaient leur poste.

Heureusement, le métro s'arrêtait juste devant l'hôpital. Je suis montée après une courte attente et me suis assise avec lassitude à l'avant, attendant mon arrêt. L'un des avantages de vivre dans la Nouvelle Ville était le système de transport en commun. En périphérie, les voitures étaient une nécessité. Il était rare qu'un citadin possède un véhicule.

Le bus m'a déposée à environ deux pâtés de maisons de mon immeuble. Mon appartement était situé sur une artère très fréquentée abritant plusieurs restaurants et quelques épiceries de quartier. J'ai traîné des pieds sur le trottoir, les épaules voûtées, la main agrippant mon sac à bandoulière. Il était encore assez tôt pour qu'il y ait beaucoup de monde, alors je me sentais en sécurité.

Alors que j'attendais avec quelques autres personnes au passage piéton que le feu change, quelqu'un m'a bousculée.

— Désolée, me suis-je excusée automatiquement en me déplaçant pour lui faire de la place.

— C'est ma faute, a répondu une femme.

Le feu est passé au vert et nous avons traversé. Les autres ont continué tout droit, mais j'ai tourné au coin de la rue. Après quelques pas, j'ai commencé à me sentir étourdie et prise de vertiges. Ma vision s'est brouillée, et je me suis agrippée à la clôture en fer forgé entourant mon immeuble pour rester debout. Bon sang, étais-je en train d'attraper un virus ? C'était la saison automnale et il y avait tellement de virus qui circulaient, cela avait presque atteint des proportions épiques parmi les non-infectés. Les services d'urgence et les cabinets médicaux étaient bondés de malades. Les infectés, avec leur système immunitaire robuste, tombaient rarement malades.

— Encore un petit effort, Pia. Tu es presque à l'entrée. Encore quelques mètres et tu seras dans ton appartement. Là, tu pourras t'effondrer, me suis-je encouragée.

J'ai réussi à faire encore quelques pas avant que mes genoux ne cèdent. J'ai tâtonné pour attraper mon téléphone et appeler les urgences. Au moment où ma main se refermait dessus, une main gantée s'est plaquée sur ma bouche. Qu'est-ce que c'était que ce bordel ?

Je me suis débattue faiblement tandis qu'on me soulevait de terre et qu'on me transportait vers la camionnette blanche qui s'était garée discrètement à côté de nous. Enlevée en pleine rue ? Ce n'était pas possible. Sûrement que quelqu'un allait le remarquer et intervenir. J'ai essayé de crier mais je n'avais pas beaucoup d'air. La main sur ma bouche couvrait aussi une partie de mon nez. La terreur m'a donné un regain d'énergie. J'ai mordu, griffé et donné des coups de pied. N'importe quoi pour attirer l'attention.

— Bon sang, c'est une battante. Combien de temps faut-il pour que la drogue agisse ? a demandé le type qui me traînait.

— D'une seconde à l'autre, a répondu celui qui tenait la porte ouverte.

Mon ravisseur m'a jetée sans ménagement à l'arrière de la camionnette et a lancé mon sac à côté de moi. Tout le processus avait pris moins d'une minute. Une vague noire m'a envahie et j'ai perdu connaissance.

Je me suis réveillée en me débattant.

— Hé, hé ! Tu es en sécurité, a dit une femme.

Me redressant en position assise, j'ai jeté un regard affolé autour de moi pour constater que j'étais dans une pièce sans fenêtres avec plusieurs autres femmes. Comme moi, elles étaient assises sur des lits de camp de style militaire verts. Passant mes mains sur mon corps, j'ai été soulagée de voir que j'avais toujours mes vêtements et que rien ne semblait déplacé.

Je me suis levée d'un bond, prête à m'enfuir, et me suis écroulée lourdement au sol.

— Vas-y doucement. La drogue est encore dans ton système.

La femme a passé un bras autour de ma taille et m'a aidée à m'asseoir de nouveau sur le lit de camp.

— Qu'est-ce qui se passe ? Où suis-je ? ai-je demandé.

— On ne sait pas, a répondu la femme. De quoi te souviens-tu ?

J'ai réfléchi intensément, repoussant le brouillard mental qui persistait.

— Je rentrais à pied de l'arrêt de bus. Je venais de finir le travail.

— Tu es une professionnelle de santé ? a-t-elle demandé.

— Une infirmière. J'ai commencé à me sentir mal, étourdie. Je ne me souviens pas de ce qui s'est passé après, ai-je avoué.

Elle a hoché la tête comme si je confirmais ses soupçons.

— Tu as été enlevée. Nous l'avons toutes été.

Elle a fait un geste englobant le reste de la pièce.

J'ai jeté un second regard, plus long, aux femmes qui m'entouraient, et une sensation de malaise a empli mon estomac. Ce n'était pas bon signe. J'ai regardé la femme qui avait fait toute la conversation.

— Comment t'appelles-tu ?

— Cherise. Appelle-moi Cheri.

Cherise était une jeune femme qui semblait avoir une vingtaine d'années. Elle avait la peau dorée, de hautes pommettes, et des tresses box de couleur or et noir dans les cheveux.

— Je m'appelle Pia. Tu as une idée d'où nous sommes ? ai-je demandé.

Cheri a secoué la tête.

— Je peux te dire où nous ne sommes pas. Nous ne sommes pas en ville.

— Comment peux-tu le savoir ? a demandé l'une des autres femmes.

— Il n'y a pas de circulation. Pas de panneaux publicitaires électroniques qui annoncent bruyamment des produits. Pas de bus qui annoncent les arrêts et les destinations. Tous les bruits habituels de la ville que l'on tient pour acquis sont absents, a-t-elle dit.

Une jeune femme aux yeux sombres et anxieux et aux cheveux bruns bouclés, qui ne devait pas avoir plus de vingt ans, s'est levée d'un bond. — Je dois sortir d'ici. Je dois retrouver mon fils.

Cela a attiré mon attention. — Tu as un enfant ?

— Oui. Elle s'est dirigée vers la porte et a frappé dessus. — Ouvrez cette porte, espèces de salauds ! Où est mon fils ?

— Cara essaie d'obtenir des informations sur son fils depuis qu'elle s'est réveillée. Ils ne veulent rien lui dire, sauf qu'il est en sécurité, a dit Cheri.

— Comme si j'allais croire une bande de kidnappeurs, a hurlé Cara en direction de la porte.

— Combien de temps suis-je restée inconsciente ? ai-je demandé, mon côté infirmière reprenant le dessus.

— Quelques heures. C'était pareil pour nous toutes. Je crois que j'ai été la première à être amenée ici. Il n'y a pas d'horloge, et ils ont pris tous nos appareils électroniques. Au maximum, j'estime que je suis ici depuis une journée. Ils entrent, déposent une femme et repartent sans dire un mot. Quoi qu'ils veuillent faire de nous, ils étaient préparés. Il y a une salle de bain derrière cette porte. Dans ce coin, il y a un petit frigo avec de la nourriture et des boissons. Il y a même un micro-ondes. Ils n'ont pas l'intention de nous affamer, a dit Cheri.

Jusqu'à ce que Cheri le mentionne, je n'avais pas remarqué que ma montre connectée et mon téléphone portable avaient disparu. Il n'y avait aucune trace non plus de mon sac à main et de mon sac. — Vous n'avez aucune idée de ce dont il s'agit ? Je veux dire, pourquoi nous ? Pourquoi maintenant ? Pourquoi nous amener ici ?

Une femme à la peau olive, au visage étroit et aux pommettes hautes a pris la parole depuis son lit de camp où elle était recroquevillée. Ses longs cheveux noirs coulaient autour de ses jambes tandis qu'elle posait son menton sur ses genoux. — Un des hommes qui m'a attrapée a dit quelque chose à propos d'un alpha qui me voulait.

Cela a attiré l'attention de nous toutes. Après la pandémie, la traite des êtres humains avait presque été abolie. Même dans les zones métropolitaines comme New Town, on entendait rarement parler de femmes ou d'enfants kidnappés.

— Alpha ? ai-je demandé.

— Tu penses que les infectés sont derrière tout ça ? a demandé une autre femme.

— Ça a quelque chose à voir avec les infectés ? a demandé Cheri, d'un ton inquiet.

Les questions se chevauchaient.

La femme à la peau olive a levé la tête, ses traits fatigués et usés. Le stress était visible sur son visage. — Je ne sais pas. Peut-être. Les gars qui m'ont attrapée étaient assez forts pour être infectés, mais pourquoi s'en prendraient-ils à moi ? Les infectés n'aiment pas la ville, et je n'en sors jamais. Qui est leur alpha et comment pourrait-il me connaître ?

Une idée m'est venue à l'esprit. Aussi fou que cela puisse paraître dans ma tête, je devais savoir. — Est-ce que l'une d'entre vous est allée à L'Agence Cœur à Cœur ?

Elles m'ont toutes regardée avec divers degrés de surprise.

— Moi, a dit Cara depuis l'endroit où elle s'était effondrée devant la porte. Mon fils est infecté. Je suis allée dans plusieurs réserves pour demander l'asile, mais ils n'autorisent pas les non-infectés à y résider à moins d'être accouplés à l'un d'entre eux. Ils ont proposé de me prendre mon fils, mais j'ai refusé.

Un chœur de « Moi aussi » a résonné dans la pièce tandis que nous nous observions toutes.

— Tu penses qu'on a été kidnappées parce qu'on s'est inscrites à L'Agence Cœur à Cœur ? a demandé Cheri.

Lentement, j'ai acquiescé. — C'est la seule chose qui ait du sens.

— Mais pourquoi feraient-ils quelque chose comme ça ? a demandé une autre femme.

Je ne savais pas, mais il m'est apparu que j'aurais dû poser beaucoup plus de questions à Jillian pendant le processus de candidature et d'entretien.

Chapitre Trois

Pia

Toutes les femmes se mirent à parler en même temps. Avec tant de voix, il était difficile d'entendre. Finalement, je mis mes doigts entre mes lèvres et émis un sifflement strident. Le bruit cessa immédiatement. Cheri se boucha les oreilles et son expression montrait une douleur extrême. Étant assise juste à côté de moi, elle en avait pris le plus.

— Désolée, lui dis-je. Puis, m'adressant aux autres : — Écoutez, il est évident qu'on ne sortira pas d'ici tant qu'ils ne nous libéreront pas. Ça ne me plaît pas plus qu'à vous, mais on n'y peut rien. Je suggère qu'on mange, s'hydrate et se repose pour récupérer de ce qu'ils nous ont donné. On doit être prêtes pour ce qui va suivre.

Je ne sais pas si c'était mon autorité naturelle d'infirmière, ou le fait que je semblais être la plus âgée, mais après quelques grognements supplémentaires, elles suivirent mon exemple. J'allai au réfrigérateur et en sortis plusieurs aliments, que Cheri distribua. Monica passa les boissons. Nous nous installâmes toutes sur nos lits de camp et mangeâmes.

La nourriture me stabilisa, et l'eau me fortifia. Après avoir fini notre repas, nous prîmes chacune notre tour pour nous rafraîchir dans la salle de bain.

— Et maintenant ? demanda Lydia.

Nous nous étions présentées, avions un peu parlé de nos origines et des raisons qui nous avaient poussées à aller chez L'Agence Cœur à Cœur. La plupart des femmes venaient de New Town, mais quelques-unes venaient des environs. Les non-infectés vivaient principalement dans les zones métropolitaines. Les banlieues s'étaient pratiquement vidées, et les zones rurales avaient été envahies par les infectés.

— On attend. Faites une sieste si vous en avez besoin. Si nos ravisseurs voulaient notre mort, ce serait déjà fait. Je ne sais pas pour vous, mais tant que la mort n'est pas imminente, je peux faire face à peu près à tout le reste, dis-je.

À mes mots, plusieurs femmes se détendirent.

— Je veux mon fils, dit Cara.

— Je sais, ma chérie, mais pour l'instant ton fils a besoin que tu restes forte pour lui. On va le récupérer, lui dis-je.

— Comment ? exigea Cara. Elle avait mangé et s'était hydratée tout en faisant les cent pas dans la petite pièce, s'arrêtant toutes les quelques minutes pour frapper à la porte et réclamer son fils. La main de cette femme devait être douloureuse. Même maintenant, son énergie nerveuse contrecarrait la mesure de calme que j'avais réussi à apporter au groupe.

Je pris une profonde inspiration apaisante. — Si L'Agence Cœur à Cœur est derrière tout ça, ils ont besoin de notre accord. On peut refuser de coopérer jusqu'à ce qu'ils te le rendent.

Plusieurs têtes hochèrent tandis que les autres femmes approuvaient.

Mes paroles arrêtèrent Cara dans son élan. Elle nous regarda toutes. — Vous feriez ça pour moi ?

Je regardai Cheri, qui hocha la tête, puis le reste des femmes. Une fois de plus, elles murmurèrent leur accord.

— Je ne sais pas de quoi il s'agit, mais quoi qu'il arrive, on reste solidaires. L'union fait la force, dit Cheri.

Cara semblait toujours inquiète, mais moins effrayée. Elle pressa une main tremblante sur son front. — Merci.

— Peut-être que c'est une sorte de rituel de séduction étrange, dit Monica. J'ai postulé auprès de plusieurs agences de rencontres. De toutes, L'Agence Cœur à Cœur donnait le moins d'informations. Je m'attendais à recevoir un site web pour rencontrer des partenaires potentiels, ou vous savez, à être envoyée à des rendez-vous. Tout ce truc de « ne nous appelez pas, nous vous appellerons quand nous aurons un match » était pour le moins déconcertant.

— Ouais, acquiesça Lydia. Et c'était quoi cette histoire de vouloir ma culotte ?

— Bizarre, non ? demanda Staci.

Je m'allongeai sur mon lit de camp, laissant les conversations me submerger. Il y avait une somnolence sous-jacente, une sensation de lourdeur qui me disait que la drogue n'était pas encore sortie de mon système. J'ai dû m'assoupir, car le bruit de la porte qui s'ouvrait me réveilla.

Je me retournai avec les autres pour voir Jillian entrer dans la pièce. La porte se referma derrière elle, et j'entendis le déclic du verrou qui s'enclenchait. Les autres se ruèrent sur elle, mais je restai en place. Certaines posaient des questions. D'autres l'accablaient de malédictions. Je restai silencieuse, sachant que je ne serais pas entendue dans cette cacophonie, mais j'avais beaucoup à dire, si l'occasion se présentait.

Jillian recula de sorte que son dos soit contre la porte et leva les mains. — Mesdames, mesdames. Calmez-vous. Je serai ravie de répondre à toutes vos questions, mais je ne peux pas le faire tant que vous me criez dessus.

L'apparition de Jillian confirmait mes soupçons que nos enlèvements étaient d'une manière ou d'une autre liés à L'Agence Cœur à Cœur. La peur que j'avais fait de mon mieux pour cacher aux autres femmes s'estompa, et à sa place, la colère grandit.

Les femmes se turent, mais l'atmosphère resta tendue. Nous étions furieuses et peu nous importait qui le savait.

— Je sais que vous voulez savoir pourquoi vous avez été amenées ici, commença Jillian.

Je pris la parole. — Ça a un rapport avec L'Agence Cœur à Cœur. On a compris cette partie. Ce que je veux savoir, c'est pourquoi nous avons été droguées et kidnappées ?

— Et pourquoi nous ne devrions pas poursuivre votre entreprise en justice, sans parler de porter plainte pour enlèvement. Ce que vous avez fait est illégal, ajouta Monica. Elle était manifestement d'avis qu'il fallait frapper les entreprises là où ça fait le plus mal — leur bilan financier.

— Tu peux essayer si tu veux, mais tu n'y arriveras pas. L'Agence Cœur à Cœur dispose d'une excellente équipe juridique, et les lois concernant les infectés sont très souples. Quant à votre question, Mademoiselle Montgomery, la vie d'un infecté n'est pas toujours facile. Les hommes qui vous ont choisie comme compagne devaient s'assurer que vous pouviez faire face à toutes les adversités, dit Jillian.

Mes yeux se plissèrent. Son raisonnement ne m'avait pas du tout apaisée.

— Vous dites que c'était un test.

— Oui, dit-elle avec un sourire que je jugeai totalement déplacé, compte tenu des circonstances.

Des murmures et quelques jurons étouffés s'élevèrent parmi les autres. Il semblait que les autres n'étaient pas non plus satisfaites.

— Vous serez toutes heureuses d'apprendre que vous avez réussi la première phase. Maintenant, il est temps de passer à la deuxième phase, dit-elle, rayonnante de fierté.

— Je ne ferai rien tant que vous ne m'aurez pas rendu mon fils, déclara Cara.

Je traversai la pièce pour me tenir à ses côtés.

— Pareil pour moi.

Une par une, les autres femmes nous rejoignirent en signe de solidarité.

Jillian semblait imperturbable.

— Mais votre fils est parfaitement en sécurité. Il est pris en charge par notre personnel et vous rejoindra, vous et votre compagnon, dès que tout ceci sera terminé.

— C'est terminé maintenant, dit Cara, campée sur ses positions. Comptez-moi dehors. Si c'est comme ça que sont les infectés, je n'en veux pas. On se débrouillera seuls.

— Je ne veux pas être associée à un homme, ou à une entreprise, qui pense qu'il est acceptable de séparer un enfant de sa mère. Me droguer et m'enlever, c'était déjà assez grave, mais ça, c'est inacceptable, dis-je en croisant les bras sur ma poitrine. Les autres femmes m'imitèrent.

L'attitude joviale de Jillian vacilla et son expression devint tendue.

— Vous ne pouvez pas faire ça. C'est une violation de votre contrat.

— Poursuivez-nous en justice, lança Monica.

Jillian passa d'une expression impassible à l'autre. Finalement, elle soupira.

— Si c'est ce que vous ressentez, je vais demander à quelqu'un de vous conduire à votre fils. Sachez que si vous partez maintenant, je n'aurai pas d'autre choix que d'annuler votre contrat.

Je me plaçai devant Cara et Cheri me rejoignit.

— Vous ne l'emmènerez nulle part. Faites-le venir ici où nous pourrons le voir. Après les événements de la nuit dernière, je suis sûre que vous comprendrez pourquoi nous ne vous faisons pas confiance.

Jillian se tordit réellement les mains et se mordit la lèvre.

— Je ne sais pas si je peux faire ça. Ça dépasse mes attributions.

Le téléphone portable accroché à sa ceinture sonna. Elle le prit et jeta un coup d'œil à l'écran, répondant rapidement quand elle vit qui c'était.

— Monsieur ?

Je ne pouvais pas entendre l'autre côté de la conversation, mais à la façon dont Cheri avait la tête penchée, je pensais qu'elle le pouvait.

— Oui, monsieur. Je comprends.

Jillian raccrocha et regarda Cara.

— Votre fils vous est amené. Il devrait être là d'ici une demi-heure.

Je jetai un regard suspicieux autour de la pièce. Nous étions surveillées. Je ne voyais pas de caméra — je n'avais pas pensé à chercher

— mais de toute évidence, quelqu'un nous observait et nous écoutait, évaluant nos réactions. Je me sentais moins comme une future mariée et plus comme un rat de laboratoire. Salauds !

Je me dirigeai vers mon lit de camp, m'assis et croisai une jambe sur l'autre.

— Et si vous nous expliquiez de quoi il s'agit exactement pendant que nous attendons.

Une par une, les autres s'assirent et tournèrent leur attention vers Jillian.

Visiblement plus détendue maintenant qu'elle était en terrain connu, Jillian prit la parole.

— Comme je l'ai dit, la première phase était un test pour voir comment vous gérez l'adversité. Les hommes avec lesquels vous avez montré le plus de compatibilité sont tous des chefs de faction. Ils avaient une liste d'exigences que leurs compagnes potentielles devaient satisfaire avant d'être considérées.

Je fronçai les sourcils.

— Je croyais que vous aviez dit qu'ils déterminaient la compatibilité par l'odeur ?

— L'odeur n'est qu'une partie. La personnalité et la force sont également importantes. Certains hommes recherchent un certain degré d'attirance physique chez leurs compagnes. Ça varie d'un homme à l'autre, expliqua Jillian.

— Donc, l'un d'eux pourrait réagir à mon odeur mais me rejeter sur la base de mon apparence ? demanda Monica, laissant transparaître son côté avocate.

— Oui.

— Attendez ! Quoi ? Je croyais qu'une fois qu'un match était fait, le reste était gravé dans le marbre ? dit une autre.

Jillian eut l'audace de rire.

— Où avez-vous eu une idée pareille ? Ce n'est pas un roman à l'eau de rose. Il n'y a pas de compagnons prédestinés. Comme dans les relations avec les non-infectés, vous devez tous les deux y travailler.

Mes yeux se plissèrent, mais c'était le seul signe extérieur que je m'autorisais de la fureur incessante qui m'habitait. Je ne pouvais pas dire qu'on m'avait induite en erreur. Jillian n'avait fourni que très peu d'informations sur le fonctionnement du processus d'appariement. C'était ma faute de ne pas avoir posé plus de questions et fait plus de recherches. J'avais basé ce que je savais des appariements au sein de la communauté infectée sur des rumeurs et des conjectures plutôt que sur des faits concrets. La situation dans laquelle je me trouvais maintenant reposait uniquement sur mes épaules. Cependant, si Jillian ne cessait pas son attitude condescendante, je ne pouvais pas garantir qu'elle sortirait de la pièce indemne.

— En quoi consiste la deuxième phase ? lançai-je, prête à en finir.

— La Course aux Compagnons, dit Jillian.

Chapitre Quatre

Pia

Cherise prit une inspiration brusque.

— Qu'est-ce donc, je vous prie, qu'une Chasse aux Partenaires ? demanda Staci, les sourcils froncés de perplexité.

— Elle a l'intention de nous lâcher et de laisser les hommes nous chasser, dit Cheri d'un ton amer.

— Que se passe-t-il s'ils nous attrapent ? demandai-je.

— Tu te fais baiser, que tu le veuilles ou non, dit-elle.

— Whoa ! On se calme. Jillian leva les deux mains. Je ne sais pas d'où tu viens, mais ce n'est pas ainsi que nous fonctionnons. L'Agence Cœur à Cœur ne cautionne ni le viol ni la coercition.

— Alors quel est le but de cet exercice ? demandai-je, pas certaine de la croire. Tout bien considéré, L'Agence Cœur à Cœur n'avait pas vraiment le meilleur bilan à ce stade de notre relation. Un coup d'œil aux expressions tout aussi sceptiques des autres femmes montrait qu'elles ressentaient la même chose.

— Pas de coercition... ? répéta Monica.

— Vous m'avez kidnappée et pris mon enfant. En quoi n'est-ce pas de la coercition ? gronda Cara.

Jillian ignora les deux autres et répondit à ma question. — La chasse donne à la femme l'opportunité de montrer sa ruse, sa vitesse et son agilité. Dans les cas où il y a plus d'un partenaire potentiel, cela donne aux hommes l'occasion de prouver lequel est le meilleur mâle.

— Quelle est la probabilité que nous ayons plus d'un partenaire potentiel ? demandai-je, pensant qu'à mon âge, j'avais de la chance d'en avoir un.

Jillian haussa les épaules. — Cela dépend de la demande au moment de votre inscription et du nombre d'inscrits. Nous entrons dans la saison hivernale, donc la demande a été particulièrement élevée.

Ça, je pouvais le croire. Je ne voulais pas passer un autre hiver solitaire dans un lit froid et vide. Les couvertures chauffantes ne pouvaient faire que tant.

— Peut-on refuser ? demanda une femme.

Jillian arqua un sourcil parfaitement soigné. — Vous le pouvez, mais votre contrat sera annulé. Vous perdrez vos frais de service.

Cela fit réfléchir tout le monde. L'Agence Cœur à Cœur n'était pas l'agence de rencontres la plus chère en son genre, mais elle était coûteuse. Je ne savais pas pour les autres, mais je n'avais aucune intention de donner mon argent durement gagné et de ne rien obtenir en retour.

C'est pour cela que ce type d'agences facturait des frais. Cela garantissait un niveau d'engagement de la part de la femme que la gratuité n'offrait pas. Si L'Agence Cœur à Cœur ne trouvait pas de prétendant compatible dans son registre, le client recevait un remboursement complet. S'ils en trouvaient un mais que les choses ne fonctionnaient tout simplement pas entre le couple, la moitié des frais de service était remboursée. Ce dernier cas arrivait rarement. L'Agence Cœur à Cœur était fière de la science de ses services de matchmaking et avait les résultats pour le prouver.

— Que se passe-t-il après la course ? demandai-je.

— Vous irez avec le vainqueur chez lui pour une période de cour de deux semaines. À la fin de la période d'essai, l'une ou l'autre des parties peut se retirer pour explorer d'autres options. Si vous choisissez de rester ensemble, vous serez tous les deux obligés de signer un contrat de mariage définissant les termes de l'accord, dit Jillian.

Deux semaines ? pensai-je alors que le choc me traversait.

— Deux semaines, ce n'est pas long pour prendre une décision qui aura un impact sur le reste de notre vie, dit Monica.

— Au contraire. Nous avons des années de recherche et d'expérience qui prouvent que deux semaines suffisent pour déterminer la compatibilité avec un partenaire, surtout quand vous vivez sous le même toit, dit Jillian.

— En partageant un lit ? demanda Lydia, les sourcils arqués.

— Oui. Quand les murmures commencèrent, Jillian leva la main. Le sexe n'est pas une obligation, mais il n'est pas non plus interdit. Si vous choisissez de partager votre corps en plus du lit, c'est à vous de décider. Notre but est de créer un environnement de cocotte-minute de togetherness forcée. Vous mangerez ensemble, dormirez ensemble et serez pratiquement attachées aux hanches pendant deux semaines.

— Attendez, dis-je, toutes pensées de sexe oubliées. Et mon travail ? Je ne peux pas simplement disparaître pendant deux semaines. Je serai licenciée.

Cela provoqua une autre série de murmures paniqués.

Jillian haussa les épaules, les mains écartées. — Le véritable amour a un coût, Pia. Es-tu prête à en payer le prix ?

Salope ! Jillian ferait mieux d'espérer que je ne la croise jamais une nuit dans une ruelle sombre.

Repoussant les pensées de vengeance, je me demandai, Suis-je prête à risquer de perdre mon emploi sur la simple possibilité d'un coup de foudre ? J'avais entendu parler de tout risquer pour l'amour. Qui ne l'avait pas fait ? C'était un excellent dispositif d'intrigue dans les films et les romans. Maintenant que c'était à moi qu'on demandait de tout mettre en jeu, je n'étais plus aussi enthousiaste.

Si je me retirais, je perdrais les frais de service, mais je garderais mon emploi et mon mode de vie actuel. Continuer sur cette voie signifiait un licenciement garanti. L'enlèvement ne m'avait pas permis d'appeler pour signaler une urgence. Tous nos effets personnels, y compris nos téléphones, nous avaient été confisqués et rangés quelque part séparément. Être licenciée pour abandon de poste réduisait considérablement mes chances de trouver un emploi à l'avenir, malgré la forte demande dans le domaine des soins infirmiers. Personne ne voulait d'un professionnel de santé réputé peu fiable. Les accords de confidentialité et de renonciation à la responsabilité que j'avais signés prenaient soudain tout leur sens.

Rien de tout cela ne se passait comme je l'avais imaginé. Je pensais qu'on me donnerait une liste de candidats. Nous aurions communiqué pendant un moment avant de sortir pour quelques rendez-vous. Si j'aimais ce que je voyais et entendais, nous serions passés à l'étape suivante. C'était comme sauter dans la piscine et découvrir qu'on avait accidentellement atterri dans le grand bain. Allais-je couler ou nager ?

À quel point voulais-je de l'amour dans ma vie ? Je ne rajeunissais pas. Si je laissais la peur me priver de cette opportunité, il n'y en aurait probablement pas d'autre. J'étais à un âge où des mots comme sécurité financière et admissibilité à la retraite signifiaient beaucoup. Étais-je vraiment prête à tout risquer sans garantie de succès ?

Mon cœur battait la chamade tandis que la réalité de ma situation s'abattait sur mes épaules. Au fond de mon esprit, j'avais eu l'attitude désinvolte de me dire que j'allais essayer L'Agence Cœur à Cœur et que si ça ne marchait pas ? Tant pis, au moins j'aurais essayé.

Si je continuais, je ne pouvais pas me permettre d'être indifférente au résultat. Je devais tout donner pour que ça marche. L'échec ne pouvait pas être une option. Et, je réalisai que c'était exactement la raison pour laquelle L'Agence Cœur à Cœur avait procédé ainsi. J'avais maintenant une forte motivation pour faire fonctionner la relation.

À ce moment-là, on frappa à la porte. Cara se raidit et regarda la porte avec espoir tandis que Jillian se levait pour ouvrir. Elle sortit, tenant la porte derrière elle d'une main. Nous attendîmes de voir ce qui allait se passer. Lorsqu'elle revint, Jillian tenait par la main un petit garçon blond qui semblait avoir environ quatre ans.

Cara poussa un cri et s'élança pour prendre son fils dans ses bras. Riant et pleurant en même temps, elle couvrit son visage de baisers. Il se tortillait, gloussant et riant, semblant ne pas avoir souffert de leur séparation forcée.

Jillian observait la scène avec une expression aigre. — Tu ne peux pas courir avec un bambin. Il te ralentira.

Serrant son fils contre elle, Cara fusilla la femme du regard. — Écoute, salope. Ne me dis pas ce que je ne peux pas faire. Je fais ça pour mon fils. Soit il vient avec moi, soit je rentre à la maison.

Les yeux écarquillés, je réprimai un sourire. Maintenant que Cara avait retrouvé son fils, le chaton avait sorti ses griffes.

Avant que Jillian ne puisse répondre, son téléphone sonna. — Oui, monsieur ? Elle écouta, une gamme d'expressions traversant son visage. — Oui, monsieur.

Une fois de plus, je jetai un coup d'œil autour de moi, essayant de repérer la caméra. De toute évidence, la personne qui nous surveillait était quelqu'un d'important. Il avait certainement l'autorité nécessaire pour faire danser Jillian comme une marionnette.

Jillian prononça encore quelques « Oui, monsieur » puis balaya l'écran pour mettre fin à l'appel. Quand elle reprit la parole, elle avait un air de professionnalisme qui lui avait manifestement fait défaut jusque-là. Hmm, on l'avait rappelée à l'ordre pour son attitude, n'est-ce pas ?

— En raison des circonstances uniques de votre situation, l'un de vos prétendants a exprimé sa volonté de renoncer à la chasse et de passer directement à l'essai de deux semaines. Vous pouvez partir avec votre fils, ce qui annulera votre contrat. Vous pouvez tenter votre chance et courir avec lui. En raison de la nature dangereuse du terrain, je vous déconseille fortement de choisir cette option. Ou vous pouvez accepter l'offre sur la table. C'est votre choix, dit Jillian.

Un terrain dangereux ? Où sommes-nous ? me demandai-je, pas pour la première fois.

— Mon fils et moi pouvons y aller ensemble ? Il est prêt à nous prendre tous les deux ? demanda Cara.

— Oui. L'expression aigre de Jillian montrait qu'elle n'approuvait pas vraiment cette dérogation à la façon dont les choses étaient habituellement gérées.

— Alors j'accepte, dit Cara.

— Quelqu'un vous attend dans le couloir pour vous escorter jusqu'à lui, dit Jillian en ouvrant la porte.

Cara nous jeta un coup d'œil avant de partir. — Bonne chance. J'aimerais qu'il y ait un moyen de rester en contact. J'aimerais savoir comment les choses se passent pour vous toutes. Merci beaucoup de m'avoir aidée à récupérer mon fils.

Nous lui exprimâmes toutes nos meilleurs vœux de réussite et lui dîmes au revoir. Les épaules carrées et la main de son fils fermement serrée dans la sienne, Cara franchit la porte.

— Tout ce processus a pris plus de temps que prévu. Allez-y maintenant si vous avez besoin d'utiliser les toilettes. Nous devons être sur le site dans les dix prochaines minutes. Vos prétendants vous attendent, dit Jillian. Sa voix claqua comme celle d'une institutrice rappelant la classe à l'ordre.

Bien que j'eusse encore de nombreuses questions, comme les autres, je me dépêchai d'obéir.

Chapitre Cinq

Jeb Wyatt

Je me tenais dans une clairière avec une trentaine d'autres hommes, attendant l'arrivée de nos potentielles compagnes. Pourquoi diable est-ce que je me soumettais à ça, encore une fois ? On aurait pu croire que j'avais retenu la leçon. Cependant, la solitude était une vraie garce et malgré mes meilleures intentions, je ne pouvais pas abandonner l'espoir que cette fois, je trouverais la seule femme capable de supporter mon caractère bourru.

Mon ouïe fine capta le bruit d'un véhicule qui approchait. Comme nous étions pratiquement au milieu de nulle part, je savais que c'était L'Agence Cœur à Cœur avec les femmes. Il était grand temps. Nous attendions depuis des heures. Accrochant mes pouces dans la poche avant de mon jean, je décalai une jambe et répartis mon poids sur l'autre, adoptant une pose décontractée. Je ne voulais pas que le reste de ces rigolos sache à quel point j'étais anxieux.

Le van de quinze places s'arrêta. Il y eut une pause avant que le conducteur ne sorte et n'ouvre la porte. Je connaissais la procédure. Les femmes recevaient les dernières instructions. Les hommes autour de moi s'agitèrent avec impatience lorsque le processus prit plus de temps que d'habitude. J'avais envie d'avancer, d'ouvrir la porte moi-même et d'ordonner aux femmes de sortir du van.

Finalement, une femme en tailleur élégant sortit du siège passager et fit glisser la porte du van. Affichant un sourire de requin, la femme lança d'une voix joyeuse manifestement forcée :

— Tout le monde dehors. Il est temps de rencontrer vos destinées.

Comme des tortues émergeant de leurs carapaces, les femmes sortirent avec hésitation, l'une après l'autre. Elles étaient diverses en termes d'ethnicité et de taille, mais toutes semblaient être dans différents états de désordre. Même à cette distance, une avalanche d'émotions bombardait mes narines — colère, peur, ressentiment et résignation.

L'Agence Cœur à Cœur insistait pour enlever les femmes dans la rue, les droguer et les transporter jusqu'à cet endroit. Ils disaient que c'était pour tester leur force intérieure. J'étais fermement en désaccord. C'était illégal comme pas possible et ce n'était pas un bon début pour une nouvelle relation. Ce n'était pas facile de convaincre une femme de tomber amoureuse de vous quand elle croyait que vous étiez la raison pour laquelle elle avait été kidnappée.

J'examinai les candidates de ce soir alors qu'elles formaient une ligne. Vers le milieu, je me redressai inconsciemment, mon corps soudain en alerte. L'avant-dernière femme au bout de la ligne accrocha mon regard et ne le lâcha plus. Ses yeux étaient d'un brun profond et sombre, et contenaient un mélange de peur et de colère, ainsi qu'une force de volonté sous-jacente qui disait qu'elle ne laisserait pas les circonstances de la vie prendre le dessus sur elle.

Elle scrutait mon corps tandis que j'examinais le sien. Je savais ce qu'elle voyait. Comme les autres, je portais une cagoule noire de bourreau sur le visage, ne laissant visible que mes yeux gris. Comme l'exigeait L'Agence Cœur à Cœur, j'étais torse nu, révélant une poitrine bien développée et des biceps saillants. Un jean usé enveloppait mes jambes, et des bottes éraflées chaussaient mes pieds. Avec l'éclairage limité, je n'étais pas sûr de la clarté de sa vue sur moi.

Moi, en revanche, je pouvais voir chaque détail d'elle. Elle avait une belle peau brune, des yeux en amande, et un nez proéminent qui s'accordait d'une certaine manière avec ses pommettes hautes et ses lèvres pulpeuses. En termes de taille, elle était petite, beaucoup plus petite que mon mètre quatre-vingt-treize et mes plus de cent kilos. Elle n'était pas maigre, juste parfaitement proportionnée pour sa taille, que j'estimais être autour d'un mètre soixante-sept, un mètre soixante-dix.

Elle avait son bras autour de la femme à côté d'elle, lui parlant de manière encourageante à l'oreille. Celle-là semblait être sur le point de s'enfuir. À chaque fois, un certain nombre de candidates abandonnaient une fois qu'elles avaient bien vu ce qui les attendait — nous. Nous formions un groupe intimidant. Vouloir un homme infecté était une bonne chose en théorie jusqu'à ce qu'elles soient confrontées à la réalité. Les cagoules n'aidaient pas.

L'Agence Cœur à Cœur se targuait de la nature scientifique de leurs compétences en matière d'appariement. Nous, les hommes, n'étions autorisés à visionner les vidéos des candidates potentielles qu'après que nos nez avaient déterminé la compatibilité. Cela nous empêchait de prendre des décisions basées uniquement sur l'attirance physique et c'était la raison pour laquelle ils exigeaient que nous portions des couvertures sur nos visages.

— Jillian, nous avons besoin de vous. Venez par ici un moment, s'il vous plaît, dit la femme que je voulais.

La femme de L'Agence Cœur à Cœur se retourna avec un sourire forcé et demanda entre ses dents serrées :

— Est-ce que ça peut attendre ? Nous sommes sur le point de commencer.

— Non, ça ne peut pas attendre. Ai-je besoin de vous rappeler que nous avons le pouvoir d'arrêter tout ça ? Souvenez-vous de ce qui s'est passé plus tôt, dit-elle, sa menace claire.

Les autres femmes se repositionnèrent immédiatement autour de celle qui parlait, dans une évidente démonstration de soutien.

J'arquai un sourcil, amusé et intrigué. Ce n'était pas ainsi que le processus se déroulait habituellement. Je ne peux pas dire que je m'opposais à ce changement. J'aimais leur fougue et leur détermination. Un coup d'œil autour de moi montra que la majorité des autres ressentaient la même chose.

Jillian tapa du pied de frustration, marmonnant entre ses dents : — Sales garces qui se mêlent de tout. J'ai hâte que cette soirée se termine. Il est peu probable que les femmes aient entendu plus qu'un murmure indistinct, mais à en juger par l'expression de la meneuse, elle avait une idée de ce qui avait été dit.

Une fois de plus, Jillian afficha un sourire éclatant et faux avant de se placer devant le groupe. — En quoi puis-je vous aider, mesdames ?

La meneuse serra un peu plus la jeune femme contre elle en parlant. — Tamara, ici présente, a des doutes...

— Eh bien, il est trop tard pour faire marche arrière maintenant, coupa sèchement Jillian. Je vous ai toutes donné l'occasion de changer d'avis avant que nous ne quittions le complexe. Vous avez refusé. Il est temps d'aller de l'avant.

— Si vous me permettiez de terminer ? dit la meneuse, les yeux plissés et rivés sur Jillian. Ce regard glacial fit reculer Jillian d'un pas.

Jillian se reprit et fit un geste de la main, invitant l'autre femme à poursuivre.

— Comme je le disais, Tamara a des doutes, mais je pense que c'est à cause des cagoules. Elles sont trop intimidantes, comme dans un film d'horreur. Si nous pouvions voir ce qui se cache dessous, je pense qu'elle se sentirait mieux. N'est-ce pas, ma chérie ?

La jeune femme hocha la tête.

Jillian balbutia : — Les hommes ne peuvent pas retirer leurs cagoules. Ce n'est pas ainsi que les choses se passent.

— Ah vraiment ? demanda la femme de l'autre côté de la meneuse. Elle était grande et mince, et si son nez ne le trompait pas, c'était l'une des infectées. Que faisait une femme infectée ici, mêlée aux autres ? — Hé, vous, les hommes ! Si vous nous voulez, retirez ces cagoules ou tout s'arrête maintenant, nous lança-t-elle.

Ignorant les autres, je tendis immédiatement le bras et arrachai cette maudite cagoule. Ces trucs étaient chauds comme l'enfer et me démangeaient. Je n'aimais pas non plus la façon dont ils obstruaient ma vision. Autour de moi, plusieurs autres suivirent mon exemple jusqu'à ce que nous nous retrouvions tous le visage découvert.

— Merci, nous dit leur meneuse d'un signe de tête. Tu vois, Tamara, je t'avais dit que tout irait bien. Ce ne sont que des hommes, pas des monstres hideusement déformés.

Jillian leva les bras au ciel et s'éloigna en fulminant. — Je n'arrive pas à y croire. Finissons-en avant que vous ne changiez autre chose. J'aurai de la chance si j'ai encore un travail à la fin de cette soirée.

— De rien, lança la femme infectée, un sourire narquois sur le visage.

— Danny, commence la course, ordonna Jillian.

Il la regarda, les yeux écarquillés. — Tu ne vas pas leur donner d'instructions ? Leur expliquer les règles ?

Elle passa devant lui en trombe et ouvrit la portière passager de la camionnette. — Fais ce que tu veux. Tout ce que je veux, c'est que cette soirée se termine. Jillian ponctua ses mots en claquant la portière.

Ce Danny était jeune, à peine vingt ans, et visiblement nouveau dans ce travail. Je ne l'avais jamais vu ici auparavant. Il regarda nerveusement autour de lui, s'éclaircit la gorge et fit un pas hésitant en avant. — Vous, les femmes, vous allez courir dans cette direction. Il pointa du doigt les bois derrière nous. — On vous donnera cinq minutes d'avance avant que les hommes ne se lancent à votre poursuite. Il y a un ruisseau à environ trois kilomètres d'ici. Si vous arrivez de l'autre côté sans être capturées, vous êtes en sécurité.

— En sécurité ? Qu'est-ce que ça veut dire ? demanda l'une des femmes, comme si cette information était nouvelle.

Danny tira sur le col de sa chemise. — Euh, ça signifie que vous avez le contrôle. Au lieu d'être choisies, vous pouvez faire le choix. Ou vous pouvez vous retirer complètement sans pénalité.

— Sans pénalité ? demanda une autre femme, regardant Danny comme un requin qui vient de repérer un appât. — Ça veut dire qu'on récupère notre argent ? Un remboursement intégral ?

Reculant nerveusement d'un pas, Danny jeta un coup d'œil à la camionnette pour chercher de l'aide. Jillian avait ostensiblement tourné le dos à la fenêtre. Aucune aide de ce côté-là. — Euh, oui ?

Il y eut des murmures excités dans le groupe.

Leur meneuse leva une main, et la conversation s'arrêta immédiatement. — Par simple curiosité, combien de femmes ont réussi à atteindre l'autre côté de ce ruisseau ? demanda-t-elle, son regard perçant le mien.

— À ma connaissance ? Aucune, dit Danny.

Chapitre Six

Jeb

Je lui ai adressé un sourire de prédateur, plein de dents et de faim. C'est ça, ma belle. Oublie toute idée de fuite. Tu partiras d'ici avec moi ce soir.

Comme si elle m'avait entendu, elle a dégluti avec difficulté et a détourné le regard.

Je n'avais jamais été aussi attiré par une femme. C'était ma cinquième — ou peut-être sixième ? — tentative pour trouver une partenaire. Cette fois, j'avais enfreint toutes les règles de L'Agence Cœur à Cœur. Je n'avais pas reniflé les sous-vêtements. Je n'avais regardé aucune des vidéos. Je ne savais rien des candidates, si ce n'est qu'elles étaient de sexe féminin et intéressées. Il était clair, d'après mes expériences passées, que le processus de L'Agence Cœur à Cœur ne fonctionnait tout simplement pas pour moi. Alors, j'avais prié pour que la chance et le hasard me guident.

Jusqu'ici, tout allait bien.

Il y avait quatorze femmes en tout — il aurait dû y en avoir quinze — mais je ne pouvais détacher mes yeux d'elle. À la façon dont elle s'agitait, elle sentait le poids de mon regard. Se pourrait-il que l'attraction soit mutuelle ?

Danny a demandé aux femmes de s'aligner et a porté le sifflet à ses lèvres.

— À vos marques, prêtes, partez !

Il a soufflé dans le sifflet.

Bien que nous soyons plus nombreux que les femmes, un peu plus de deux pour une, elles ont couru droit sur nous. Elles devaient nous dépasser pour entrer dans les bois. Moi et les gars les plus proches avons fait un trou, et plusieurs femmes l'ont traversé, y compris celle que j'avais dans mon collimateur. Alors qu'elle passait à un cheveu de nos corps, son parfum a frappé mes narines et mes yeux se sont révulsés d'extase.

Courant à toute allure, les femmes ont vite disparu. Le sentier bien foulé s'étendait sur environ trente mètres dans les bois avant de se diviser en cinq chemins distincts. Ce que les femmes ignoraient, c'est qu'à environ cent mètres, tous les chemins sauf un se terminaient en cul-de-sac dans de petits campements. L'avance qu'on leur avait donnée serait vite perdue alors qu'elles se frayeraient un chemin à travers les broussailles épaisses et le terrain accidenté et montant.

Je suis resté là, le regard fixé sur l'endroit où elle avait disparu, le cœur battant. L'anticipation de la chasse faisait ressortir le côté bestial de ma nature. Mes sens s'étaient aiguisés au maximum. Autour de moi, d'autres s'agitaient avec impatience, attendant que les cinq minutes s'écoulent. Plusieurs partiraient sans femme ce soir. J'étais déterminé à ne pas en faire partie.

— Je veux la femme en uniforme d'infirmière, a dit l'un des hommes près de moi.

— Elle n'est pas disponible, ai-je dit.

— Dit qui ? m'a-t-il défié. Elle est ici. Elle a couru. Ça veut dire qu'elle peut être revendiquée. En plus, on est compatibles.

J'ai fixé mon rival du regard et la chaleur de mes yeux aurait dû l'incinérer sur place. En moi, le côté féroce de ma nature est remonté à la surface. Le truc avec les infectés, c'est que nous portions notre civilité comme un manteau. Un manteau dont les plis amples couvraient à peine les êtres primaires et sauvages que nous étions devenus. Être infecté signifiait embrasser son animal intérieur.

Il s'est gonflé, prêt à se battre, ici et maintenant. J'étais plus que prêt à relever son défi. J'ai fait un pas en avant et nous nous sommes affrontés du regard. Certains des autres se sont rapprochés, formant un cercle lâche. Puis le sifflet a retenti, et le besoin de se battre pour la domination a disparu alors que l'impulsion de chasser devenait notre priorité. Toutes les pensées ont cessé. D'un seul mouvement, nous nous sommes tournés et avons traqué nos proies dans les bois.

Malgré notre grand nombre, nous avancions silencieusement sur le chemin principal, à peine assez large pour marcher deux de front. Il n'y avait pas de trébuchements ou de tâtonnements comme les femmes l'avaient fait à cause de l'obscurité presque totale. On entendait à peine un bruit de pas. Cependant, les animaux ont senti notre présence et la forêt, qui avait repris ses sons nocturnes habituels après le passage bruyant des femmes, est redevenue silencieuse. Nous nous sommes arrêtés comme un seul homme lorsque nous avons atteint le carrefour où les femmes s'étaient séparées. Les autres ont tourné en rond comme des chiens de chasse, cherchant leur proie.

Un millier d'odeurs encombraient l'air nocturne, mais comme un limier, mon nez s'est verrouillé sur une seule. Je l'ai pistée comme si elle avait une balise de repérage dans ses chaussures et que je tenais le récepteur. Elle avait couru en troupeau avec les autres, mais à la bifurcation, elle et une autre avaient pris l'un des chemins de gauche. Mon rival potentiel m'a lancé un sourire triomphant et s'est élancé sur le sentier à sa poursuite.

Je savais quelque chose qu'il ignorait. Plus loin, les chemins se croisaient à divers endroits. J'ai pris le chemin du milieu et accéléré. Le sentier que j'empruntais était plus court, plus direct et actuellement vide. Les femmes avaient tendance à l'éviter parce qu'il semblait trop évident. Cependant, c'était le seul qui leur donnait un coup droit, sans entrave vers l'autre côté du ruisseau. Finalement, être un participant fréquent de la Course des Partenaires m'avait donné un avantage.

Alors que je courais, j'ai capté la faible odeur de la femme infectée. Contrairement aux autres, elle était restée sur sa trajectoire et avait de bonnes chances de traverser le ruisseau avant qu'un poursuivant ne l'attrape. Sentant quelqu'un sur mes talons, j'ai jeté un coup d'œil par-dessus mon épaule et j'ai vu l'un des autres derrière moi.

Je connaissais ce type. Comme moi, il était un original. Nous étions l'archétype dont tous les infectés avaient été créés. L'autre prétendant pour ma femme ne posait aucun problème. Cependant, si Noah et moi convoitions la même femme, il y aurait des problèmes, et les conséquences pourraient être mortelles. Je me suis arrêté et j'ai attendu qu'il me rejoigne.

— Noah, l'ai-je salué d'un signe de tête. Je ne savais pas que tu étais là ce soir.

Il a souri. — Pas étonnant vu notre nombre. J'ai vu Cyrus et Thad plus tôt, mais Thad est parti après avoir reçu un coup de fil.

Mes sourcils se sont levés. Quelles étaient les chances que nous soyons tous les quatre présents à la réunion de ce soir ? Malheureusement, je n'avais pas le temps de bavarder. J'ai donc été droit au but. — Laquelle vises-tu ?

— Ne t'inquiète pas, mon ami. J'ai vu la beauté qui a attiré ton attention. Elle ne craint rien de moi. J'ai jeté mon dévolu sur une autre proie, a dit Noah.

— La femme infectée, ai-je deviné.

Noah a fait un bref signe de tête. — Il y a une histoire là-dessous. J'ai l'intention de découvrir pourquoi l'une des nôtres a besoin de l'aide d'une agence matrimoniale pour trouver un compagnon. Une femme comme elle devrait avoir des hommes se battant pour ce privilège. Tu sais que les mystères me tracassent. Maintenant, si tu veux bien m'excuser, je ne peux pas laisser ma proie s'échapper.

— Bonne chasse, ai-je dit alors qu'il s'éloignait en courant.

Sa voix m'est parvenue de l'obscurité. — À toi aussi.

C'était une bonne nuit pour chasser. Un quartier de lune était suspendu dans le ciel. Sa lumière atteignait à peine le sol de la forêt où des volutes de brouillard flottaient à quelques pieds du sol. À droite, une nuée de chauves-souris a pris son envol. Leurs cris aigus ne pouvaient pas être entendus par les non-infectés, mais je les entendais parfaitement. Au nord, un troupeau de sangliers fouillait le sol. Un lynx a hurlé. Des serpents glissaient, et des femmes juraient et faisaient tellement de bruit qu'un aveugle aurait pu suivre leur piste.

J'ai atteint le point où les deux sentiers se rejoignaient. Coupant à travers les arbres, je suis arrivé sur le chemin où ma proie courait. Les deux femmes étaient à environ cinquante mètres devant. Je pouvais les entendre parler.

— Allez, tu peux le faire, disait ma femme à sa compagne.

— Il fait noir. J'ai peur et je suis fatiguée. J'ai un point de côté. Continue sans moi, dit l'autre, respirant lourdement.

— Pas question. L'union fait la force, tu te souviens ? Je ne te laisse pas derrière, dit l'autre. Sa respiration n'était pas meilleure.

Le cri d'une femme a déchiré la nuit.

— Merde ! Je déteste ça. Tu as raison. On doit continuer à avancer. Je ne sais pas ce qui m'a pris de m'inscrire à cette folie, dit la deuxième.

Leurs pas se sont accélérés alors qu'elles se mettaient à marcher rapidement. — Tu pensais comme moi, que tu en avais assez d'être seule. Je ne regrette pas d'avoir cherché de l'aide dans le domaine amoureux, mais j'aurais dû faire plus de recherches avant de choisir L'Agence Cœur à Cœur. Leurs résultats sont peut-être prouvés, mais leur méthode est dingue.

— Amen à ça, dit l'autre femme. Tu crois qu'il y a des animaux dangereux ici ?

— Je ne sais pas. Peut-être. Probablement. Même s'il y en a, on dit que les animaux ont plus peur de nous que nous d'eux.

Mon choix était aussi intelligente que courageuse. Bon à savoir.

— Merde ! Le sentier s'arrête. Qu'est-ce qu'on fait maintenant, Pia ? demanda l'autre femme.

Maintenant, je connaissais son nom. — Pia, ai-je doucement répété, sachant que j'étais assez loin pour que les femmes ne puissent pas m'entendre. Son nom lui allait bien.

— On continue d'avancer et on espère qu'on va dans la bonne direction. C'est peut-être la raison pour laquelle Danny a dit que personne n'a jamais réussi. Je ne sais pas pour toi, mais mes compétences en survie sont nulles, dit Pia.

— Les miennes aussi. Je suis une fille de la ville, de bout en bout, dit la femme.

— Tu passes devant. Je prends l'arrière, dit Pia.

— Pour que si on surprend un orignal, je me fasse piétiner pendant que tu t'échappes ? demanda la femme, d'un ton ironique.

— Bien sûr, dit Pia. Je pouvais entendre le sourire dans sa voix.

J'ai réduit la distance entre nous, conscient de mon adversaire qui me soufflait dans le cou. Pas qu'il ait une chance dans une bataille entre nous deux si ça en venait à un combat, mais je me suis dit que Pia avait été suffisamment traumatisée par cette expérience. Cette prise de conscience m'a donné une idée.

— Avec ma chance, je vais trébucher dans un champ d'herbe à puce. Ce serait une belle façon de commencer une nouvelle relation — en me grattant partout ? dit l'autre femme. Je ne connaissais pas son nom, mais elle avait un bon sens de l'humour. Malgré sa peur, elle avait gardé la tête froide. Elle ferait un bon match pour l'un des deux hommes sur sa piste.

Je me suis approché si près de Pia que je pouvais sentir la sueur sur son corps.

— Tu crois qu'on devrait se séparer ? demanda la femme.

— Je ne pense pas que ça change grand-chose. Jillian n'a-t-elle pas dit qu'ils peuvent nous pister à l'odeur ? Celui qui est derrière nous nous poursuit spécifiquement, dit Pia.

— Merde, dit encore l'autre femme.

— Les voilà devant ! cria un homme.

— Cours ! cria Pia à l'autre femme, en la poussant.

La femme s'est enfuie, ayant apparemment oublié toute fatigue et douleur. Avant que Pia ne puisse courir après elle, j'ai plaqué une main sur sa bouche et son nez. La saisissant par la taille, je l'ai soulevée de terre et l'ai emportée dans une direction différente. Elle se débattait et luttait, se tortillant comme un poisson au bout d'un hameçon. J'ai serré, sachant que l'étreinte rendrait sa respiration difficile.

À son oreille, j'ai parlé rapidement. — Chut ! Nous n'avons pas beaucoup de temps. Arrête de te débattre et je te relâcherai. Il y a d'autres comme moi juste derrière. Je te garantis que tu ne veux pas rentrer chez toi avec l'un d'entre eux.

Chapitre Sept

Pia

Une large main calleuse se plaqua sur ma bouche tandis que je me sentais soulevée de terre. L'adrénaline inonda mon système et mon instinct de survie prit le dessus. Je hurlai comme une banshee et me débattis comme une tigresse.

Ce moment était la synthèse de tous les films d'horreur clichés que j'avais jamais vus. Des images défilèrent dans mon esprit, chacune plus horrible que la précédente. Viol. Torture. Mort et mutilation. Je luttai de toutes mes forces.

Je n'arrivais plus à respirer. Des points noirs dansaient devant mes yeux. J'essayai de griffer le bras qui comprimait mon estomac mais je ne pouvais pas l'atteindre. Mes tentatives de morsure échouèrent également. Je redoublai d'efforts, la possibilité de mourir devenant une certitude.

— Chut. Calme-toi ! Détends-toi. Je ne vais pas te faire de mal.

Ces mots, prononcés d'une voix de baryton profonde, finirent par percer le brouillard de terreur et prirent sens. Ou peut-être était-ce le manque d'oxygène qui me rendait étourdie et me permettait d'entendre quoi que ce soit au-delà des battements de mon cœur.

Avec ce filet de compréhension vint un flot de raisonnement. Pia, reprends-toi. Tu t'attendais à être capturée. Ça fait partie du processus.

L'homme parlait toujours. — C'est ça. Détends-toi. Je n'ai pas beaucoup de temps. Les autres sont presque sur nous.

Dès que je cessai de me débattre, il me relâcha, à mon éternel soulagement. Je ne pouvais pas m'enfuir. Il m'avait coincée contre le tronc d'un énorme chêne.

— Écoute attentivement. Je m'appelle Jebediah Wyatt. Il y a un homme qui approche rapidement et qui pense que tu lui appartiens. Je ne suis pas d'accord.

Jebediah parlait clairement et avec assurance, sa bouche près de mon oreille. Son corps dur pressé contre mon dos. — Jusqu'à présent, tu n'as pas eu beaucoup d'options. Pars avec moi et je te ramènerai chez toi. Tu pourras faire ta valise, appeler ton travail et te préparer pour les deux semaines que tu passeras avec moi. Tu as le choix, mais décide-toi vite.

Il s'écarta, me laissant la tête qui tournait. Venait-il vraiment de dire qu'il me ramènerait chez moi ?

Un bruit de branches brisées annonça sa présence juste avant qu'un homme ne surgisse. Je me retournai pour faire face à cette nouvelle menace.

— Comment diable m'as-tu devancé ? demanda le nouveau venu. Je t'ai laissé derrière sur le sentier.

Il était grand et costaud. Je ne pouvais pas distinguer grand-chose de plus que sa taille et sa silhouette dans l'obscurité.

— Pia ? interrogea Jeb.

Exact. J'avais une décision à prendre. Je pouvais les laisser se battre et partir avec le vainqueur. Ou bien, je pouvais prendre le risque que le premier gars ne soit pas un gros menteur, disant n'importe quoi pour me faire partir avec lui. Décisions, décisions.

— Je t'ai dit qu'elle était à moi. Si tu la veux, tu vas devoir me la prendre. Je ne vais pas me laisser faire sans combattre, grogna le deuxième homme.

Je pouvais sentir l'agressivité dans l'air alors que les deux hommes se faisaient face. Ils semblaient être de taille similaire, mais le second homme devait peser environ vingt-cinq kilos de plus que Jeb.

— D'accord. C'est ton enterrement, dit Jeb sans la moindre trace d'humour. D'une certaine façon, je pensais que Jeb le disait littéralement. Il était peut-être plus petit, mais j'avais l'impression que des deux, il était le plus dangereux.

Ils firent un pas l'un vers l'autre. Je sortis de la paralysie qui me gardait muette. — Attendez !

Les deux hommes se tournèrent vers moi, leurs corps vibrant presque du besoin de violence.

— Je te choisis, Jeb, dis-je, de ma voix professionnelle ferme et sans fioritures. Il m'a attrapée. Ce sont les règles.

Pourquoi j'avais ressenti le besoin d'expliquer ma décision, je n'en avais aucune idée.

— Au diable les règles, dit le numéro deux. Nous sommes compatibles. Tu devrais être avec moi.

— La vie est pleine de déceptions, dit Jeb.

L'autre homme grogna. Littéralement grogna, comme un animal sauvage. Stupidement, je me plaçai devant Jeb. Aucun sang ne serait versé à cause de moi ce soir. — Arrêtez !

Jeb me saisit par la taille et tenta de me tirer hors de danger. Je résistai.

— Je ne suis pas un os pour lequel vous allez vous battre. J'ai dit que je partais avec Jeb. Si tu essaies de me forcer à partir avec toi, je vais... je vais...

Merde. Je n'arrivais pas à trouver une menace assez terrible. Au fond, je n'étais pas une personne violente.

Jeb fit un pas en avant et se tint si près que mes fesses pressaient contre ses cuisses musclées. — Il n'y aura pas de combat. Tu dois être consentante. Si L'Agence Cœur à Cœur soupçonne que tu as été forcée, des charges seront portées et il sera retiré de leur liste. Si cela se produit, aucune autre agence de rencontres ne l'acceptera comme client.

Bien que tentée de m'appuyer sur sa force, je gardai ma colonne vertébrale droite et mes pieds prêts à bouger. Le numéro deux semblait prêt à se jeter sur Jeb, et j'avais le sentiment que ma présence ici n'était pas un frein. Je devais être capable de sauter rapidement hors du chemin si nécessaire.

La tête de l'homme s'abaissa et, au poids de son regard, je compris qu'il m'avait dirigé son regard furieux. Je me rapprochai encore plus de Jebediah. Ce que je voulais faire, c'était me cacher derrière lui pour me protéger, mais je n'avais jamais laissé un homme — ou une femme, d'ailleurs — m'intimider de ma vie. Ce soir ne serait pas la première fois.

Nous étions figés dans un tableau immobile. Pendant combien de temps, je ne saurais le dire. Cela semblait durer des années. Finalement, l'autre homme se retourna et s'éloigna. Je restai là, stupéfaite, incapable de croire que cela s'était terminé sans plus de drame. Quand il fut hors de vue, je m'éclaircis la gorge.

— C'est tout ?

— Ouais.

Jeb me fit pivoter. Quand je lui fis face, il me prit par la nuque d'une main et souleva doucement mon menton. J'aurais dû être nerveuse que cet homme me tienne dans ce qui pourrait facilement devenir une prise d'étranglement, mais j'étais distraite par la possessivité que je sentais émaner de lui. Ce n'était pas une menace, mais une revendication.

— Prête à partir ?

J'avalai nerveusement ma salive, un geste que je savais qu'il sentait.

— Oui.

— Je te promets que tu ne le regretteras pas. Allons-y.

Jeb prit ma main et m'entraîna dans la direction opposée à celle d'où nous étions venus.

— Où allons-nous ? La clairière n'est-elle pas dans l'autre sens ? demandai-je, luttant pour suivre le rythme. Les crocs que je portais étaient parfaits pour marcher dans les couloirs de l'hôpital. Sur un terrain accidenté dans les bois ? Pas vraiment.

— À mon véhicule. Je préfère ne pas croiser les gens de L'Agence Cœur à Cœur. Ce que nous faisons est une violation des règles, et je n'ai pas l'intention de me faire prendre.

Pensant à l'argent que je risquais de perdre si je me disqualifiais d'une manière ou d'une autre en tant que partenaire potentielle, je fermai ma bouche et fis de mon mieux pour suivre.

Ce qui me sembla des heures plus tard, nous entrâmes dans un petit parking qui abritait divers véhicules. Il n'y avait personne aux alentours.

Jeb sortit un trousseau de clés de sa poche avant et me conduisit vers un pick-up d'apparence antique.

— C'est le mien. On demande aux prospects de laisser leurs véhicules ici. Si nous réussissons notre chasse, L'Agence Cœur à Cœur nous transporte dans l'un des chalets qu'ils désignent. Ils prétendent que c'est privé, mais il y a des caméras de sécurité et des systèmes de surveillance cachés à l'intérieur.

— S'ils sont cachés, comment sais-tu qu'ils sont là ? demandai-je en grimpant dans la cabine du camion.

— Je les ai entendus. On ne peut pas cacher l'électronique aux infectés. Attache ta ceinture.

— Question stupide, Pia, marmonnai-je pour moi-même alors qu'il fermait la porte.

Le moteur démarra avec un grondement étouffé. Je clignai des yeux de surprise.

— C'est un moteur à combustible fossile.

— Oui, en effet.

Je regardai de plus près l'intérieur. Bien que les sièges épousent mon corps et soient recouverts du matériau synthétique utilisé dans les véhicules d'aujourd'hui, le tableau de bord ne comportait aucune des computroniques avec lesquelles j'étais familière.

— Quel âge a ce véhicule ?

— Du siècle dernier.

— N'est-ce pas coûteux à entretenir ? Comment trouves-tu les pièces et le carburant ? demandai-je, sérieusement perplexe.

— Pas pour moi. Je suis ingénieur mécanique. Une sorte de touche-à-tout, comme MacGyver, dit-il.

— Qui ?

— MacGyver. Tu sais, le gars dans la vieille émission de télé qui peut réparer ou fabriquer à peu près n'importe quoi avec les bons matériaux.

— Jamais entendu parler. Je n'ai pas vraiment l'occasion de regarder beaucoup la télé, dis-je.

Chapitre Huit

Pia

Nous avons tourné sur la route. Il n'y avait pas de lumières si loin de la ville. La route était longue et sinueuse, bordée d'arbres denses des deux côtés. Par la fenêtre entrouverte, je pouvais sentir le sel de l'océan tout proche. Le froid dans l'air me fit frissonner.

— Tu as froid ? demanda Jeb.

— Un peu, ai-je admis. Le léger pull que je portais ne suffisait pas à me tenir chaud dans les températures qui chutaient.

Il tendit le bras derrière le siège et en sortit une veste épaisse. — Mets ça.

Je l'ai remontée jusqu'à mon cou comme une couverture. Le col de la veste s'arrêtait juste sous mon nez. J'ai discrètement humé. Elle sentait ce parfum que je commençais à associer à Jeb — propre et naturel.

— Elle est propre, a-t-il grogné.

J'ai jeté un coup d'œil à sa silhouette. Bien sûr, il m'avait entendue. — Je sais qu'elle est propre. J'admirais l'odeur.

Je l'ai vu jeter un coup d'œil dans ma direction. — Ah oui ?

— Oui.

Il a hoché la tête. — C'est bon signe.

Nous avons roulé en silence. Peu après, je réprimais un bâillement. Je ne savais pas si c'était à cause des drogues ou de la course dans les bois, mais tout mon corps ne voulait que dormir pendant une semaine. Cependant, mon cerveau n'était pas tout à fait prêt à baisser sa garde. Il avait dit qu'il me ramènerait chez moi, mais et si c'était une ruse pour que je le suive volontairement ? Pour rester éveillée et alerte, j'ai demandé : — Pourquoi m'as-tu choisie ?

— Tu étais la plus âgée.

— C'est tout ? ai-je demandé, incapable de cacher ma déception.

Un autre regard appuyé avant qu'il ne reporte son attention sur la route. — Je cherche une partenaire, une égale. Pas une femme assez jeune pour être ma fille et qui a peur de son ombre. Déjà vu, déjà fait, a-t-il marmonné.

Déjà vu et déjà fait quoi ? me suis-je demandé.

Il s'est éclairci la gorge. — Je devrais probablement te le dire. Tu es ma cinquième, ou peut-être ma sixième tentative cette année pour trouver une compagne.

Après une longue pause pendant laquelle j'ai médité sur l'information qu'il venait de partager, j'ai demandé : — Qu'est-il arrivé aux autres ? Tu n'as pas réussi à en attraper une ?

Jeb a poussé un reniflement plein de dédain. — J'attrape toujours ce que je chasse. Je les ai attrapées, mais ça n'a pas marché.

— Aucune d'entre elles ? ai-je demandé, incrédule.

— Oui. Tu le découvriras assez vite par toi-même, mais je ne suis pas un homme facile à vivre. Je vis au milieu de nulle part et je n'autorise pas les appareils électroniques sur ma propriété. De plus, je fais passer une personne antisociale pour sociable.

Je me suis blottie plus profondément dans le siège, serrant sa veste contre moi. — Dans ce cas, pourquoi cherches-tu une compagne ? ai-je demandé autour d'un autre bâillement.

— L'hiver arrive. Même un homme comme moi veut de la compagnie quand la neige et la glace recouvrent le sol.

— Impossible de contredire ça, ai-je dit. La saison à venir n'avait-elle pas été la raison pour laquelle j'avais finalement surmonté mes réserves et cherché L'Agence Cœur à Cœur ?

— Pourquoi as-tu rejoint un service de rencontres ? a-t-il demandé.

Je me suis tournée un peu plus dans sa direction, remontant un genou pour permettre à mon dos de s'appuyer contre la portière et à mon visage de reposer contre le siège. — Tu n'as pas lu mon profil ?

— Non. J'ai appris à mes dépens que ces profils ne m'apprennent rien du tout.

— Et l'odeur ? Jillian a dit que les infectés déterminent la compatibilité sur la base de l'odeur.

— L'odeur parle de chimie sexuelle. Elle ne me dit pas comment on s'entendra quand on ne baisera pas, a-t-il dit.

Ces mots crus m'ont fait cligner des yeux. — Oh, je vois. J'ai quarante-trois ans, je ne me suis jamais mariée, et je viens d'atteindre mes vingt ans de carrière. Je peux prendre ma retraite à tout moment mais je n'ai actuellement aucune raison de le faire.

— Famille ?

Encore une fois, pour des raisons de sécurité, j'ai hésité, mais l'information était là dans mon profil pour qu'il la lise, s'il se décidait à le faire. — Décédée. La première vague de la pandémie a emporté la majorité d'entre eux. Les émeutes ont éliminé le reste. J'ai grandi en famille d'accueil.

— C'est dur. Les mots étaient compatissants, mais le ton disait que la vie est comme ça.

— Ouais. N'avoir personne sur qui compter m'a appris à être autonome. Comme je voulais travailler dans le domaine médical, l'État a payé mes études. J'ai obtenu mon diplôme plus tôt que prévu et avec mention, j'ai été embauchée juste après l'obtention du diplôme, et je travaille depuis.

— Que fais-tu ? demanda-t-il, l'air intéressé.

— Je suis infirmière en traumatologie. Si un peu de fierté transparaissait dans ma voix, j'estimais que c'était mérité. J'avais travaillé dur et fait beaucoup de chemin.

— Hôpital public ou privé ? demanda-t-il.

— Public. Le salaire est plus bas, mais les avantages sont meilleurs. Après que le virus a frappé, il y a eu une pénurie de personnel médical formé non infecté. En plus de mon salaire et de la gratuité des soins médicaux, je reçois une allocation pour le logement et le transport, ainsi qu'une retraite généreuse si je parviens à tenir vingt ans. L'hôpital

Mercy General a financé toute ma formation avancée, à condition que j'utilise ce que j'ai appris à leur profit.

— Où sommes-nous ? demandai-je.

— À Wolf's Neck Woods, à environ trente minutes de New Town.

Je n'avais donc pas été transportée très loin. — Où vis-tu ?

— À environ une heure d'ici, dans les terres désolées.

Les terres désolées étaient des zones qui avaient été abandonnées. Des villes entières avaient perdu leur population après la pandémie. Les villes qui avaient réussi à survivre étaient divisées. Avant la pandémie, la race et le statut économique étaient tout. Après que la poussière soit retombée, il ne restait que deux classes : les infectés et les non-infectés. Rien d'autre n'avait d'importance.

Je réussis à rester éveillée assez longtemps pour indiquer à Jeb le chemin jusqu'à mon appartement. Il jeta des coups d'œil autour de lui pendant que nous roulions, mais je ne sentais pas de curiosité. Cela ressemblait plus à une évaluation des menaces. Ma supposition s'avéra exacte lorsque nous nous garâmes devant mon immeuble. Il sortit un pistolet de la boîte à gants et le glissa dans la ceinture de son jean, dans le bas de son dos.

— C'est un pistolet ? Tu sais, le genre qui tire des balles ? demandai-je.

— Il y en a d'autres sortes ? demanda-t-il, haussant un sourcil.

— Ils sont interdits à l'intérieur de la ville. Les pistolets à impulsion étaient l'arme de choix ces jours-ci. Ils ne présentaient pas le risque qu'une balle traverse une personne et que la balle enduite de sang infecte la malheureuse personne se tenant derrière.

— Je ne vis pas en ville, et je suis un ancien militaire. Sur ces mots, il descendit du camion et claqua la portière.

Je suppose qu'il m'avait remise à ma place. Je sortis du véhicule et le rejoignis sur le trottoir. Ensemble, nous entrâmes à l'intérieur. J'avais l'impression d'avoir été absente pendant des mois, mais un coup d'œil au calendrier mural accroché dans la cuisine indiquait que cela faisait moins de vingt-quatre heures. Cela me rappela...

— J'ai besoin de mon sac à main et de mes papiers d'identité. Quand je me suis réveillée, ils n'étaient pas à côté de moi, dis-je.

— Ils te les rendront après les deux semaines. Jebediah se tenait au milieu de mon petit appartement, regardant autour de lui. Si le bourdonnement de tous les appareils électroniques le mettait mal à l'aise, cela ne se voyait pas sur son visage.

Il ne me fallut que quelques minutes pour envoyer un e-mail à l'hôpital expliquant un voyage d'urgence hors de la ville et l'absence de mon téléphone portable. Encore quelques minutes pour jeter deux semaines de vêtements dans une valise et prendre tous mes essentiels. Me souvenant du commentaire de Jeb sur l'absence d'électronique, je laissai à contrecœur ma tablette sur la table de chevet. Je vidai le frigo et demandai à Jeb de sortir les poubelles. Un dernier coup d'œil pour m'assurer que je n'avais rien oublié, et j'étais prête à partir.

Chapitre Neuf

Pia

Une forte poussée sur mon épaule me fit sursauter, clignant des yeux comme une chouette.

— On est arrivés. Descends. Je vais prendre tes affaires. Tu as de la bave sur le visage. Tu devrais t'en occuper.

Jeb glissa hors du véhicule et ferma la porte derrière lui.

Je le suivis du regard en fronçant les sourcils, essuyant la salive séchée sur ma joue et ma bouche avec le plat de ma main. Il n'était pas Monsieur Sympathie, mais j'avais travaillé avec pire. Certains médecins de l'hôpital Mercy General auraient donné des cauchemars à une femme plus sensible.

J'ouvris la porte et descendis du camion. Mon corps avait cette lourdeur caractéristique qui indiquait que je venais tout juste d'atteindre le sommeil profond quand on m'avait brutalement réveillée. Les yeux fermés et les bras au-dessus de la tête, je m'étirai de tout mon long, essayant de redonner de la force à mes muscles. Il me vint à l'esprit que ce que je ressentais n'était peut-être pas le résultat de la drogue qu'on m'avait administrée, mais l'accumulation de tout ce qui s'était passé — des semaines de travail sans interruption avec à peine un jour de congé, la drogue, la course à travers les bois, et le stress des événements récents. En me redressant, je fis rouler ma nuque tout en fermant la porte du camion.

Devant moi se dressait une cabane en rondins qui devait dater du siècle dernier. Les bûches étaient peintes en brun foncé, et il y avait des zones de bois nu là où Jeb avait dû faire des réparations. Les encadrements des fenêtres étaient vert forêt. Le toit en tôle variait du gris aluminium neuf au rouge rouille foncé. Un porche s'étendait sur toute la longueur de la façade. Les planches de bois penchaient légèrement d'un côté, donnant à l'endroit un aspect délabré. Divers outils étaient éparpillés çà et là. La cour avant était un tapis d'aiguilles de pin parsemé de quelques brins d'herbe tenaces. Je pouvais sentir l'odeur de l'eau et je savais qu'il devait y avoir un lac ou une rivière à proximité.

Je suivis Jeb dans les escaliers menant au porche et à l'intérieur de la maison où il avait disparu. La cabane s'ouvrait sur une grande pièce qui regroupait la cuisine, la salle à manger et le salon. La plupart des meubles étaient en bois. Au centre se trouvait un grand poêle à bois pour le chauffage. Bien que je n'aie pas remarqué de lignes électriques menant à la maison (un fait dont je venais seulement de me rendre compte), il avait un petit réfrigérateur.

— La chambre est par ici. La mienne est la seule meublée. Le lit est assez grand pour deux, ou tu peux prendre le canapé. Je ne te le recommande pas, mais c'est ton dos. Si c'est ta vertu qui t'inquiète, ne t'en fais pas. Je ne vais pas là où je ne suis pas invité, cria-t-il de quelque part au fond.

Je traversai l'unique couloir, passai devant une petite salle de bains, pour trouver la chambre principale sur la gauche. Elle contenait un immense lit au centre, une petite chaise en bois à dossier droit avec une paire de bottes de travail usées posées dessus, et une commode. Au lieu d'un placard, un mur était garni de crochets auxquels étaient suspendus plusieurs vestes et chemises. Les deux fenêtres et la porte vitrée menant à l'extérieur laissaient entrer beaucoup de lumière. Il avait posé ma valise sur le sol près de la commode.

J'eus ma première véritable vue de Jeb. Il était grand, beaucoup plus grand que moi, et mince. Je savais qu'il était fort par la façon dont il m'avait tenue la nuit dernière, mais aujourd'hui tous ces muscles étaient visibles. Il portait un t-shirt gris à col en V qui épousait son corps et un jean foncé déchiré à un genou. Son teint était d'un doré foncé, qui mettait parfaitement en valeur ses cheveux bruns foncés courts et sa barbe et sa moustache fournies. Bien que je n'apprécie pas particulièrement les barbes chez les hommes, la sienne était soigneusement entretenue et propre. D'après son commentaire dans le camion, Jeb avait une obsession pour l'hygiène.

— C'est ton côté, dit-il en désignant le côté du lit le plus éloigné de la porte du couloir. Viens, je vais te faire visiter.

Je le suivis dans le couloir.

Il pointa du doigt. — Salle de bains. Elle n'est pas très grande et n'a qu'une douche, mais elle est fonctionnelle.

Je jetai un coup d'œil et remarquai une salle de bains lambrissée de bois. L'unique fenêtre laissait entrer beaucoup de lumière. Le couvercle des toilettes était relevé. Il n'y avait pas de tapis devant la douche. La petite étagère au-dessus du lavabo unique contenait divers produits de toilette. Au-dessus du meuble-lavabo se trouvait un petit miroir. À la place d'un porte-serviettes, sa serviette pendait à un crochet.

Il avança vers la pièce suivante et ouvrit la porte. — C'est la deuxième chambre. Comme tu peux le voir, je l'ai transformée en atelier.

En regardant le désordre à l'intérieur, je me demandai mentalement : un atelier ? Plutôt un débarras. C'était rangé et il n'y avait pas un grain de poussière nulle part, mais c'était un amas de pièces détachées, de meubles cassés et d'appareils électroménagers.

— Là-haut, c'est le grenier, dit-il en montrant une trappe. Il n'est pas fini. Je suis en train de remplacer le bois et d'isoler les murs pour qu'il retienne la chaleur. Avec les fenêtres aux deux extrémités, il reçoit beaucoup de lumière naturelle, mais il est étouffant en été et glacial en hiver.

Il me conduisit vers une autre porte que je pensais être un placard. Jeb l'ouvrit pour révéler un grand trou dans le sol avec une échelle en bois menant vers le bas. — Fais attention en descendant. Il n'y a pas de rampe.

Je le suivis, faisant attention à mes pas. Il se tenait près de moi, prêt à me rattraper si je tombais, et s'écarta une fois que j'eus atteint le sol en béton.

— C'est le sous-sol. Techniquement, c'est une combinaison de sous-sol et de garage. La porte de garage là-bas me permet de garer le camion à l'intérieur quand le temps est mauvais.

Je jetai un coup d'œil autour de moi. Les murs étaient en pierre, et le plafond était composé de poutres en rondins servant de support aux planches de bois qui formaient le sol du premier étage. Dans un coin le long du mur du fond se trouvait une énorme pile de bois soigneusement empilé pour le poêle à bois. J'étais heureuse de voir les chauffe-eau, bien que sans électricité, je ne savais pas comment ils étaient alimentés.

— Qu'est-ce que tu utilises pour l'électricité ? Je n'ai pas vu de fils électriques, dis-je.

— J'ai des panneaux solaires dans le jardin et un générateur à essence sur le côté de la maison. Il y a une citerne de propane à l'extérieur de la cuisine qui alimente la cuisinière. Un puits fournit l'eau, et j'ai une fosse septique pour les eaux usées.

Simple, rustique et très siècle dernier.

— Ça ne te dérange pas si je te demande ce que tu fais de tous ces meubles et appareils ? demandai-je, en désignant les objets qui encombraient l'espace au sol. Contrairement à ceux de l'étage, ceux-ci étaient manifestement cassés.

— Je suis un homme d'affaires. Je trouve des pièces qui ont été abandonnées, je les prends, je les répare et je les vends.

Jeb était un récupérateur. Je regardai autour de moi avec un œil nouveau. — Il y a beaucoup d'argent à faire là-dedans ?

Il se hérissa. — Tu as peur que je ne puisse pas subvenir à tes besoins ?

Je lui lançai un regard noir. — Je subviens très bien à mes propres besoins. Je n'ai jamais eu besoin d'un homme pour s'occuper de moi et je n'ai pas l'intention de commencer maintenant. C'est ce qu'on appelle une conversation. Comme deux étrangers qui apprennent à se connaître.

Je commençais à cerner Jeb. Il était direct, obstiné et franc. Sa bouche n'avait visiblement pas de filtre. Quand on a affaire à des gens comme lui, il faut établir des limites dès le départ, sinon ils vous passent dessus.

Apaisé, la tension quitta son corps. — Assez lucratif. Les infectés ont le droit de prospérer et de s'épanouir comme tout le monde. Ce n'est pas parce que nous avons du mal à fonctionner avec la technologie moderne que nous devons retourner à un état de vie primitif.

— Je suis d'accord, dis-je, en continuant à regarder autour de moi.

Jeb accrocha son pouce dans la poche avant de son jean et s'appuya sur une jambe. — Vraiment ?

Fronçant profondément les sourcils, je reportai mon regard sur lui et poussai un profond soupir. — Oui. Je n'ai aucun préjugé contre les infectés. Je ne vous considère pas comme des animaux qui doivent être relâchés dans les bois ou abattus comme des bêtes enragées. Si c'était le cas, je n'aurais jamais cherché à en avoir un comme compagnon. Si tu veux mon avis, vous êtes le niveau suivant de l'évolution humaine. Le reste d'entre nous essaie de rattraper son retard.

Avant qu'il ne puisse répondre, mon estomac laissa échapper un grondement sourd.

Jeb jeta un coup d'œil à sa montre, une vieille Timex qui fonctionnait avec une pile. Pas une de ces montres intelligentes qui se connectaient à Internet et étaient alimentées par l'énergie solaire. — L'heure du petit-déjeuner est passée, on est bien dans l'après-midi. Je suppose que tu sais cuisiner ?

— Parce que je suis une femme ?

— Non, parce que j'aime manger et que je ne veux pas être coincé à faire toute la cuisine, dit-il en se retournant et en montant les escaliers.

Je le suivis. — Oui, je sais cuisiner. La cuisinière à gaz sera un ajustement, mais je suis sûre que je pourrai m'y faire.

— Bien. Je vais te nourrir aujourd'hui, mais demain tu te débrouilles, dit Jeb.

Après avoir terminé un repas simple composé d'œufs brouillés, de saucisses et de toast, je demandai : — Ça ne te dérange pas si je prends une douche et que je m'allonge ? J'ai travaillé quatorze heures par jour depuis un mois.

— Mi casa es su casa, dit-il avec désinvolture. J'ai du travail à terminer. Repose-toi et je te réveillerai quand il sera l'heure du dîner.

— Merci, dis-je en me levant de table avant de m'effondrer dessus.

Chapitre Dix

Jeb

Elle a quitté la cuisine, et je l'ai entendue fouiller dans la chambre. Elle devait probablement soulever sa valise sur le lit. J'aurais proposé de le faire pour elle si je ne m'étais pas méfié de moi-même à ses côtés, surtout à proximité d'un lit. Pia n'avait aucune idée à quel point j'avais failli la prendre tout à l'heure, alors qu'elle se tenait là, sexy et décoiffée par le sommeil.

Sa présence dans ma maison à la fois excitait et apaisait la bête en moi. L'avoir ici, dans mon domaine, calmait cette partie de ma nature qui désirait quelqu'un à revendiquer. Mais son odeur... Mon Dieu, son odeur m'appelait à un niveau primitif. Je lui avais dit que l'odeur était un marqueur de compatibilité sexuelle, mais c'était tellement plus que ça.

Malheureusement, Pia n'était pas l'une des infectés et n'avait pas mes instincts animaux. Elle devait composer avec le raisonnement humain. Je devais attendre qu'elle se convainque que c'était acceptable de se donner à moi, et quelque chose me disait qu'elle ne le ferait pas à moins qu'elle ne décide de rester.

La douche s'est mise en marche et l'air humide saturé de l'odeur de femme mouillée est parvenu jusqu'à moi. Avalant difficilement, j'ai posé l'assiette que j'étais en train de laver et je suis sorti. L'automne était dans l'air et l'hiver ne tarderait pas à arriver. J'avais le sentiment qu'il viendrait tôt cette année, apportant beaucoup de neige. Je devais être prêt, surtout si j'avais une femme qui comptait sur moi pour la garder au chaud et nourrie.

Attrapant le fusil de chasse, je suis sorti par la porte d'entrée et j'ai ramassé la hache appuyée près de la porte en passant. La vue des barils d'eau dans la cour m'a rappelé de vérifier le réservoir d'eau de pluie sur le côté sud de la maison. Je devais nettoyer le tamis des débris et vérifier le niveau d'eau et les vannes.

Ma liste de choses à préparer pour le froid à venir était longue, mais ma priorité était le chauffage. Avant les premières chutes de neige, je voulais avoir au moins trois cordes de bois coupées et stockées. En plus de la pile dans le sous-sol pour quand les vents de blizzard souffleraient, j'avais besoin de deux autres piles de quatre pieds de haut et huit pieds de long. Je placerais du bois sur le porche, sur la terrasse à l'extérieur de la chambre, et près de l'ouverture du garage, recouvert d'une bâche pour le protéger de l'humidité.

D'abord, je me suis occupé des animaux. J'ai nettoyé les clapiers et le poulailler et j'ai nourri les animaux. J'ai mis les déchets animaux sur le tas de compost pour les ajouter plus tard au jardin. Un coup d'œil aux ruches m'a rappelé qu'il serait bientôt temps de récolter le miel. Ensuite, j'ai vérifié le petit troupeau de chèvres que je garde pour la viande, le lait et le fromage. Buster et Bear, mes chiens de bétail, sont venus en courant pour me saluer.

— Hé, Bear. Tu veilles sur tout le monde ?

J'ai caressé son dos alors qu'il se frottait contre ma jambe, cherchant de l'attention. Ils ont tous les deux tourné autour de moi avant de repartir en trottant vers le troupeau.

Les chiens étaient mon système d'alerte précoce contre les prédateurs cherchant un repas facile. La plupart du temps, leurs aboiements suffisaient à effrayer les petits prédateurs. Je gardais le fusil de chasse à portée de main pour les prédateurs plus gros.

Les corvées terminées, je me suis tourné vers la tâche sans fin de couper et de transporter du bois. Trois heures plus tard, le sous-sol était plein, et j'avais commencé à aligner du bois le long de l'allée. Non seulement il serait proche de la maison, mais le bois servirait de brise-vent pendant l'hiver à venir. C'était un travail laborieux, mais il gardait mon haut du corps bien fort. Mieux que n'importe quelle salle de sport.

Il était midi passé quand j'ai décidé d'arrêter. La liste des tâches à accomplir juste pour vivre sur la propriété pouvait être accablante. Ce serait bien d'avoir de l'aide. C'est-à-dire si le manque de commodités n'effrayait pas Pia. J'avais appris, à mon grand désarroi, que les citadins n'aimaient pas le rustique.

J'ai nettoyé mes bottes avant d'entrer dans la maison, utilisant le balai pour enlever toute la terre. Laver le sol n'était pas sur ma liste de choses à faire aujourd'hui. Un coup d'œil autour ne m'a pas permis de voir Pia. Dormait-elle encore ?

M'arrêtant à la porte de la chambre, j'ai contemplé la vue de son corps étendu dans mon lit. Elle était allongée sur le dos, une main jetée au-dessus de sa tête. L'autre reposait le long de son corps. Les couvertures étaient autour de sa taille. Les globes pleins de ses seins étaient dressés et visibles sous un fin t-shirt.

J'ai inspiré profondément. L'odeur médicinale sous-jacente s'était dissipée. Il ne restait que l'odeur sucrée de femme avec une note florale par-dessus. Les cernes sombres sous ses yeux me préoccupaient toujours, tout comme l'apparence légèrement émaciée de son visage. Pia dormait du sommeil profond des personnes vraiment épuisées. Si les choses ne fonctionnaient pas entre nous — bien que je ferais tout mon possible pour que ça marche — le moins que je puisse faire était de m'assurer qu'elle se repose bien pendant les deux prochaines semaines.

Prenant un jean propre et un t-shirt à manches longues dans la commode, je suis allé dans la salle de bain pour me doucher et me débarrasser de la sueur et de la crasse. Vivre en autarcie était un travail salissant, mais cela satisfaisait mon besoin d'être autonome et de ne pas avoir le gouvernement qui surveille chacun de mes mouvements.

Bien que j'aie eu envie de rester sous la douche jusqu'à ce que le chauffe-eau se vide, j'avais encore du travail à faire. Une fois habillé, je suis retourné au clapier pour le dîner de ce soir. Harry était gros et gras et prenait de l'âge. Je l'ai attrapé dans son clapier et lui ai parlé pendant que je l'emmenais à la zone de préparation. Peu après, j'avais un pot de ragoût de lapin qui mijotait doucement sur le poêle à bois.

Enfin, j'avais le temps de m'asseoir. Bien que je puisse travailler jour et nuit si la situation l'exigeait, cela pesait quand même sur mon corps. Après avoir travaillé du lever au coucher du soleil hier et être resté debout toute la nuit, mon corps réclamait du repos. J'ai ajouté plus de bois dans le poêle de masse rocket qui avait été une vraie trouvaille. C'était un poêle à bois qui utilisait moins de bois et gardait la maison au chaud beaucoup plus longtemps que les poêles à bois traditionnels. Puis j'ai enlevé mes bottes, me suis installé dans le fauteuil inclinable et j'ai levé les pieds. Tout le reste pouvait attendre.

Chapitre Onze

Pia

Ma conscience s'éveilla progressivement. Le lit sur lequel j'étais allongée était plus dur que celui de mon appartement. Plus tard, cela pourrait poser problème, mais vu à quel point j'étais fatiguée, il aurait pu s'agir d'une dalle de béton que je ne l'aurais probablement pas remarqué. Un mur de chaleur pressait contre mon dos, et un léger ronflement résonnait à mon oreille. Apparemment, Jeb était sérieux quand il avait dit que nous partagerions le lit.

Quelle heure était-il ? Depuis combien de temps dormais-je ?

J'ouvris les yeux, clignai des paupières, puis me frottai un œil pour m'assurer qu'ils étaient bien ouverts. Il faisait sombre. Noir comme dans un four. Il n'y avait aucune lumière ambiante provenant des réverbères ou des maisons voisines filtrant à travers la fenêtre. Pas de réveil avec des chiffres lumineux. Pas de point rouge lumineux des caméras de sécurité et des mini-écrans si courants dans chaque maison. J'agitai une main devant mon visage et perçus à peine le mouvement.

Et le silence. Hormis les ronflements de Jeb, il n'y avait aucun bruit de circulation. Pas de gens qui parlent ou de sons de rires et de musique. Pas un oiseau ni un animal ne se faisait entendre. Je pouvais entendre ma propre respiration. C'était déconcertant.

Ma vessie pulsait dans le bas de mon ventre, m'avertissant que la situation était critique. Bouger maintenant ou en subir les conséquences. Je donnai un coup de coude à Jeb.

Son corps se raidit alors qu'il se réveillait instantanément.

— Quoi ! Quel est le problème ?

— La lumière. J'ai besoin d'aller aux toilettes.

— Oh, dit-il en bâillant tandis qu'il bougeait.

Il y eut un clic, puis une douce lueur remplit la pièce.

— Ça suffit ou tu as besoin que j'allume aussi dans le couloir et la salle de bain ? demanda-t-il.

Je me levai et contournai le lit.

— L'interrupteur est sur le mur ?

— Oui, juste à l'intérieur de la porte.

— Je devrais pouvoir le trouver.

Me tortillant un peu face à un besoin qui devenait plus pressant à chaque seconde, je marchai rapidement, les cuisses serrées. Heureusement, je trouvai l'interrupteur du premier coup. J'ouvris la porte, sans me soucier de la fermer, et atteignis les toilettes juste à temps.

Tandis que je me lavais les mains et le visage, un autre besoin se fit sentir.

Je sortis de la salle de bain pour trouver Jeb dans le salon, en train d'attiser le feu. Il leva les yeux et demanda :

— Faim ?

Je pressai une main contre mon estomac qui grondait.

— Je meurs de faim.

— Je m'en doutais. C'est presque le matin. Tu as dormi plus de douze heures. J'ai laissé du ragoût de lapin dans le chauffe-plat au cas où tu te réveillerais, dit-il en servant le ragoût.

Mon estomac grogna plus fort à l'odeur.

— Merci. En ce moment, je pense que je pourrais manger un ours.

— Les ours sont une espèce protégée. C'est illégal de les chasser, dit-il en me regardant sérieusement.

— Je ne... Ce n'était pas... balbutiai-je avant de soupirer. C'était une image. Je ne voulais pas dire que j'en mangerais vraiment un.

— Hum hum.

Jeb posa le bol et la cuillère sur la table.

— Assieds-toi.

Marmonnant dans ma barbe, je m'assis et tirai le bol vers moi. Après la première cuillerée hésitante, j'engloutis le reste. J'avalai la dernière cuillerée et regardai fixement le fond du bol. Qu'est-ce que Jeb penserait si je le léchais ?

— Tu en veux encore ?

Il se tenait appuyé contre le comptoir de la cuisine, les bras croisés sur la poitrine.

— Oui, s'il te plaît.

Je levai le bol.

Il le prit, le remplit et le plaça sur la table devant moi.

Cette fois, je pus ralentir et apprécier la saveur.

— C'est bon. Tu as dit que c'était du ragoût de lapin ?

— Oui, j'élève des lapins pour la viande.

Ma cuillère hésita un instant dans son trajet vers ma bouche avant que je ne hausse mentalement les épaules. Du magasin ou frais de la ferme, quelle différence cela faisait-il ? Aucune, tant qu'on ne s'attendait pas à ce que je le tue et le nettoie moi-même. Je terminai ma deuxième portion et me renversai en arrière avec un soupir satisfait.

— Merci. Ça a comblé le trou dans mon estomac.

Son expression resta solennelle.

— Je t'en prie. Comme je l'ai dit, tu n'avais rien mangé depuis le petit-déjeuner d'hier matin.

— Alors, tu as des animaux ? demandai-je, voulant en apprendre davantage sur lui.

— Des poules, des lapins, quelques chèvres, des chats et des chiens.

Jeb lava mon bol et ma cuillère et les plaça dans l'égouttoir.

— Et des chevaux ? J'imagine qu'ils seraient utiles dans une ferme, réfléchis-je à voix haute.

— Négatif. J'utilise des véhicules tout-terrain pour me déplacer sur la propriété, ou le camion. Les chevaux demandent plus d'entretien que je ne veux en assurer. Tu veux boire quelque chose ?

— De l'eau, ce serait bien.

Quand il posa le verre devant moi, je dis :

— Assieds-toi.

Il haussa un sourcil mais me rejoignit à table.

— Tu as dit que tu ne voulais pas passer l'hiver à venir seul. Qu'est-ce qui t'a poussé d'autre à chercher une compagne, à part le besoin de compagnie ? demandai-je.

— Tu veux dire, quelles étaient mes attentes ? demanda-t-il.

J'acquiesçai.

— Cette compagne, quand tu l'aurais trouvée, à quoi t'attendais-tu ? Comment voyais-tu l'évolution de la relation ?

Jeb s'affala sur sa chaise, l'air imposant et très masculin.

— Pas une compagne. Toi. Qu'est-ce que j'attends de toi ? corrigea-t-il, montrant clairement qu'il pensait que sa recherche était terminée.

— Moi, acquiesçai-je. Nous en avions fini avec les descriptions génériques. C'était entre Jeb et moi.

Il hocha légèrement la tête en signe d'approbation.

— Que tu sois avec moi.

— Être avec toi, répétai-je lentement. Qu'est-ce que ça signifie ?

— Ça veut dire ce que ça veut dire. Je veux que tu sois avec moi, où que j'aille. Je ne sais pas comment le dire autrement. Ce n'est pas de la science de fusée, dit-il, l'air agacé.

Je plissai les yeux. Jeb n'était pas le seul irrité. Me conseillant d'être patiente, je dis :

— Tu veux une femme au foyer. Et mon travail ?

— Quoi, ton travail ? N'as-tu pas dit que tu étais éligible à la retraite ? N'est-ce pas pour ça que tu as fait appel à une agence matrimoniale ? Et pas n'importe laquelle, mais une qui s'occupe des infectés ? Tu devais savoir que trouver un partenaire signifiait que tu devrais changer complètement ton mode de vie. Ce n'est pas comme si je pouvais me déraciner et venir vivre avec toi en ville, dit-il. Je ne le ferais pas, même si je le pouvais. La vie à la campagne me convient comme la vie citadine ne l'a jamais fait.

J'attrapai la salière au milieu de la table et la fis glisser d'avant en arrière entre mes mains.

— Je sais. C'était ma seule réserve. L'incertitude de savoir avec qui je serais jumelée et où je devrais déménager pour être avec cette personne. Il y a du réconfort dans ce qui est familier.

— Il y a aussi de la solitude. Pour obtenir quelque chose de différent, il faut parfois faire quelque chose de différent, dit-il, les yeux rivés aux miens.

Quelque chose passa entre nous. Une attraction viscérale que je ressentis jusqu'au bout des orteils. Mon visage rougit et mes tétons se durcirent. Un changement subtil s'opéra chez Jeb. Ses doigts qui tambourinaient sur la table s'arrêtèrent et une immobilité s'empara de lui.

Un battement de cœur. Deux. Trois. Nos regards se tinrent jusqu'à ce que je parvienne enfin à détourner le mien. Ouf ! Du calme, ma fille, pensai-je en jetant un coup d'œil à travers la cuisine et par la fenêtre.

M'éclaircissant la gorge, je résistai à l'envie d'essuyer la goutte de sueur sur mon front. Faisait-il chaud ici ? Ce poêle à bois dégageait vraiment beaucoup de chaleur.

— Alors...

La voix de Jeb baissa de quelques décibels.

— Oui ?

— Euh, que ferais-je toute la journée ? J'ai l'habitude de travailler douze heures par jour, dis-je, me rappelant enfin le but de cette conversation.

Jeb se pencha en avant et posa ses avant-bras sur la table.

— Il y a toujours quelque chose à faire. Si tu ne veux pas aider avec le bétail, il y a de la nourriture à récolter. L'hiver arrive et vivre ici dans la nature signifie qu'on ne peut pas simplement courir au restaurant ou à l'épicerie la plus proche quand l'envie nous prend.

Jeb fit un geste englobant notre environnement.

— Je sais que ce n'est pas grand-chose. Je suis un homme simple et je n'ai pas besoin de beaucoup plus qu'un toit sur ma tête, un endroit sûr pour dormir et une protection contre les éléments. La maison est à toi pour en faire ce que tu veux, tant que ça ne compromet pas notre sécurité. Les femmes n'aiment-elles pas arranger leur nid ?

— Ça ne te dérangera pas ? demandai-je, regardant autour de moi avec un œil neuf. Si j'avais carte blanche, que changerais-je ?

Jeb secoua la tête.

— Pas du tout. J'espère que ce sera ta maison aussi.

— Parle-moi plus de cet endroit. Ça a l'air d'être beaucoup de terre. À quoi ressemble ta journée normale ?

Jeb prit le temps d'expliquer ce qu'il fallait pour gérer une propriété de cette taille. Il appelait ça vivre hors réseau, et ce que cela signifiait en termes d'autosuffisance. En tant que personne qui avait vu le gouvernement s'immiscer dans tous les domaines de sa vie, j'admis être intriguée par toute cette liberté.

— Tu fais tout ça et tu as encore le temps de trouver et de réparer de l'équipement pour le revendre ? m'émerveillai-je.

— Je collecte des pièces pendant l'été et l'automne et je les ramène ici pour y travailler pendant les mois d'hiver quand la neige est épaisse au sol, dit-il.

— Et en cas d'urgence ? Comment appelles-tu à l'aide si quelque chose arrive ? demandai-je.

— La plupart d'entre nous avons des radios amateurs. J'ai aussi un téléphone satellite que je sors quand c'est nécessaire, dit-il, me faisant me sentir beaucoup mieux.

Dehors, le ciel vira au gris à l'approche de l'aube. Je jetai un nouveau coup d'œil à l'intérieur de la maison. Je pourrais en faire un foyer. Dieu sait que j'avais vécu dans pire. Jeb, malgré toute sa bougonnerie, avait un noyau d'intégrité qui m'attirait. Des mariages s'étaient construits sur moins que ça.

— Je sais que tu as beaucoup de travail. Penses-tu pouvoir épargner quelques heures pour retourner à mon appartement chercher le reste de mes affaires ? demandai-je.

À nouveau, cette immobilité de chasseur s'empara de lui.

— Tu vas rester ? Et la période d'essai de deux semaines ?

Je balayai physiquement cette idée.

— Je n'ai jamais été du genre à faire les choses à moitié. Si je veux vraiment qu'une relation entre nous fonctionne, je dois y mettre tout ce que j'ai.

Jeb n'avait-il pas fait de même en enfreignant les règles et en m'amenant ici ?

Il se leva brusquement de sa chaise. — On peut y aller maintenant.

Je me levai lentement de mon siège. — On pourrait, si c'est ce que tu veux faire, mais je pense qu'on devrait d'abord consommer notre relation.

Chapitre Douze

Pia

— Qu'as-tu dit ? demanda Jeb d'une voix basse.

— J'ai dit que nous devrions consommer notre relation. Consommer signifie...

— Je sais ce que ça veut dire, coupa-t-il. Tu es sûre ?

Je lui fis face de l'autre côté de la petite table en bois. — J'en suis sûre.

Jeb posa ses mains sur la surface de la table comme s'il se retenait physiquement. — Pia, tu dois en être absolument certaine, parce qu'une fois que j'aurai posé mes mains sur toi, je ne m'arrêterai pas si tu changes d'avis. Je n'en serai pas capable, alors si c'est une sorte de jeu... Il laissa la menace en suspens.

Je mis mes mains sur mes hanches et le fusillai du regard. — Je ne suis pas une enfant, Jebediah Wyatt, et je ne suis pas non plus une vierge effarouchée. Je sais ce que je veux et si je dis que je veux faire l'amour avec toi maintenant...

Jeb bougea si vite que j'en poussai un petit cri de surprise. En un éclair, il m'avait soulevée et mise sur son épaule. L'impact de mon ventre contre ses muscles durs chassa tout l'air de mes poumons. Je haletai, essayant de reprendre mon souffle, la bouche s'ouvrant comme celle d'un poisson hors de l'eau. Faiblement, je frappai son dos avec mon poing.

Nous entrâmes dans la chambre et Jeb me jeta sur le matelas. — Ne bouge pas, ordonna-t-il.

Je n'aurais pas pu même si je l'avais voulu. Me redressant sur les coudes et les yeux fermés, j'inspirai et expirai profondément en comptant lentement jusqu'à dix. Quand j'eus fini, j'ouvris à nouveau les yeux et la vue qui s'offrit à moi menaça de me couper le souffle une fois de plus.

— Bon sang... C'est tout ce que je pus dire. Je savais que Jeb était musclé, mais il était sérieusement taillé. Pas un gramme de graisse sur lui. Soudain, je ne me sentais plus si confiante quant à mon propre niveau de forme physique.

— Enlevons ça. Jeb saisit les jambes de mon pantalon de pyjama juste au-dessus des chevilles et tira d'un coup sec. Le pantalon s'envola, manquant de m'emporter avec lui. J'écartai largement les bras pour me stabiliser et éviter de glisser du lit.

Jeb prit une profonde inspiration, puis il fut sur moi. Il utilisa la taille de son corps pour forcer mes jambes à s'écarter et quelques secondes plus tard, il était en moi. J'expirai brusquement et mon dos s'arqua sous la douleur de son intrusion. J'étais humide, mais pas assez pour quelqu'un de sa taille et de sa circonférence. Pour être franche, Jeb était monté comme un étalon.

— Merde, merde, merde. Désolé, désolé, je suis tellement désolé. Même en s'excusant, les hanches de Jeb continuaient de bouger, s'enfonçant de plus en plus profondément en moi.

Je frappai son bras. — Bon sang, Jeb. Tu as déjà entendu parler des préliminaires ?

Il grogna, son visage à quelques centimètres du mien. — J'ai dit que j'étais désolé. Je sens ton excitation depuis la nuit où nous nous sommes rencontrés. Je pensais que tu étais prête pour moi.

— Tu pensais mal, rétorquai-je, même en écartant davantage mes cuisses et en arquant mes hanches pour le prendre plus profondément. La douleur était passée, et pour faire simple, Jeb était incroyable. Je le sentis à l'instant où il atteignit le fond.

Jeb jeta un coup d'œil entre nous là où nous étions unis, et un frisson le parcourut. — Je savais que ce serait comme ça. Que ça ferait cet effet-là.

Il baissa le haut de son corps pour que nous soyons pressés l'un contre l'autre des épaules aux hanches. Puis il fit tourner ses hanches, frottant nos bassins ensemble dans un mouvement circulaire. Je m'allumai comme un flipper. Le mouvement stimulait à la fois mon clitoris et mon point G. J'enroulai mes jambes autour de son dos et la sensation s'intensifia.

— Oh mon Dieu, gémis-je. Jeb. Jeb !

— Oui, bébé ? Je t'avais dit que je prendrais soin de toi.

Je commençai à trembler alors que la pression dans mon bas-ventre augmentait. Agrippant ses fesses musclées, j'y enfonçai mes doigts et guidai Jeb dans le mouvement exact dont j'avais besoin. Je n'avais jamais rencontré un homme capable de faire l'amour sans donner de coups de reins. J'étais si mouillée maintenant que nos cuisses et le drap sous nous en étaient saturés.

— Jeb... Je... mon Dieu... Oui ! Oui ! Oui ! Mon cou se tendit et s'arqua alors que l'orgasme me traversait. Chaque muscle de mon corps se contracta et je sentis mon intimité se resserrer, essayant de faire jaillir le sperme du sexe de Jeb.

— Encore, exigea-t-il en maintenant les mêmes mouvements exaspérants.

— Jeb ! C'était une protestation. Une supplique pour obtenir sa pitié. Je n'avais jamais joui aussi fort de ma vie. Mon clitoris était hypersensible, à la limite entre douleur et plaisir.

— Encore, Pia. Jeb saisit mes cuisses détendues, qui s'étaient affaissées après ma jouissance, et les posa sur ses épaules. Cette position lui permit de s'enfoncer plus profondément et donna à son pubis un contact plus direct avec mon mont de Vénus. La base de son pénis activait toutes sortes de terminaisons nerveuses dans mon vagin.

J'allais avoir du mal à marcher pendant une semaine après tout ça, mais sur le moment, je ne pouvais pas m'en soucier. Je criai et griffai les draps alors qu'un autre orgasme me déchirait.

Finalement, enfin, Jeb commença à donner des coups de reins. Il me chevaucha dur et profond, jurant et marmonnant dans sa barbe tout du long. Mon intimité tressaillait encore de spasmes post-orgasmiques quand Jeb se raidit au-dessus de moi, donna quelques coups de reins superficiels, puis s'effondra sur moi. Nous restâmes tous deux silencieux, respirant lourdement et couverts de sueur. Il fallut du temps pour que nos rythmes cardiaques ralentissent.

Jeb déposa un baiser sur ma tempe. — Tu veux toujours ces préliminaires ?

— Ha. Ha. Très drôle.

— Tu es sûre ? En tant que ton homme, c'est mon devoir de m'assurer que tu sois complètement satisfaite. C'est dans le contrat, dit-il.

Je tournai la tête pour que nous soyons nez à nez. — Quel contrat ?

— Le contrat de L'Agence Cœur à Cœur. C'était dans les conditions générales. Tu dois être entièrement satisfaite de moi dans tous les domaines, sinon je dois te rendre.

Il devait se moquer de moi. Je le fixai dans ses yeux sombres avec incrédulité. — Tu es sérieux ?

Jeb arqua un sourcil. — Complètement. C'est ta clause de sortie.

Fronçant les sourcils, je l'étudiai. — Jeb, je n'ai pas besoin d'une clause de sortie. Ce que nous avons, ça va durer pour toujours parce que nous allons tous les deux faire le travail nécessaire pour que ça arrive.

Jeb fronça les sourcils, et son expression suintait le scepticisme. — Hum hum. N'oublie pas que tu as deux semaines pour prendre ta décision finale.

Je pris son visage en coupe. Sa barbe était douce sous mes doigts. — J'ai déjà pris ma décision. C'est toi que je veux. Je sais que ce mode de vie sera un grand changement, mais je pense que tu en vaux la peine, Jebediah Wyatt.

— Le temps nous le dira. Il sépara lentement nos corps et se leva. — Je dois aller vérifier les animaux.

— Je peux venir avec toi ? Je me redressai en position assise. Je pouvais déjà sentir le début d'une courbature entre mes jambes. La marche me ferait du bien. Tout comme un bain chaud. Malheureusement, je n'avais vu de baignoire nulle part.

— Habille-toi chaudement et mets des chaussures solides. Jeb ramassa ses vêtements du sol et quitta la chambre.

Chapitre Treize

Pia

Nous ne sommes jamais allés jusqu'à mon appartement. Comme Jeb l'avait dit, entretenir une ferme était un travail difficile. Nous avons littéralement travaillé du lever au coucher du soleil, ne nous arrêtant que pour nourrir nos corps et nous hydrater. Je ne sais pas comment il faisait tout ça tout seul.

Jeb m'a appris à prendre soin des poules, ce qui comprenait les nourrir et nettoyer leur enclos. Rien n'était gaspillé, pas même les excréments. Ils allaient sur un tas de compost pour servir plus tard d'engrais dans le jardin. Mes mains ont été picorées plusieurs fois avant que je ne comprenne comment attraper les œufs sans fâcher les poules protectrices.

J'ai appris à traire une chèvre et à faire du fromage. Il avait un goût différent du lait de vache auquel j'étais habituée, mais étonnamment, mon corps le digérait plus facilement. Les lapins étaient mignons, mais je ne pouvais pas en profiter en sachant que bientôt, chacun d'eux finirait sur la table du dîner. Comme Jeb me le rappelait sans cesse, les animaux n'étaient pas des animaux de compagnie. Je ne devais pas m'y attacher. Ils étaient tous destinés à être mangés et je devais garder cela à l'esprit ou devenir végétarienne. J'aimais trop la viande pour faire ce dernier choix, alors j'ai tenu compte de son avertissement, peu importe à quel point ils étaient adorables.

Jeb et moi avons trouvé un rythme facile. J'apprenais vite, et avant longtemps, il a pu me confier plusieurs tâches, le libérant pour en faire d'autres. Il était rarement loin de moi. Quand il ne pouvait pas être à mes côtés, il ne s'éloignait jamais hors de vue.

De tout ce que j'ai appris et observé pendant ces deux semaines, ce qui m'inquiétait le plus, c'étaient les armes. Jeb ne sortait jamais sans son fusil.

— Tu sais tirer avec une arme à feu ? m'a-t-il demandé, lors de mon premier jour officiel à la ferme.

— Non.

— Je vais t'apprendre.

Fronçant les sourcils vers lui maintenant, j'ai demandé : — Est-ce nécessaire ?

Le regard froid qu'il m'a lancé m'a fait sentir comme une idiote. — Oui. Tu dois savoir te protéger. Ce n'est pas la ville ici. La nature sauvage est dangereuse. Je viens juste de te trouver. Je n'ai pas besoin que tu te fasses tuer parce que tu as des scrupules à manipuler une arme.

— Je suis infirmière, Jeb, lui ai-je rappelé. Mon instinct est de sauver des vies, pas de les prendre, mais tu as raison. Ici, tu es l'expert. Si tu dis que je dois apprendre à me protéger, alors c'est ce que je ferai. Quand veux-tu commencer ?

— Aujourd'hui.

Alors, chaque jour, Jeb m'a appris à tirer avec diverses armes. Je ne les aimais pas. Elles étaient bruyantes et secouantes. La fumée qu'elles dégageaient puait, et le recul me faisait mal au bras jusqu'à ce que j'apprenne à m'y préparer. Une fois que j'eus appris toutes les précautions de sécurité et que je pouvais toucher le tronc d'un arbre, Jeb a commencé à m'enseigner des techniques d'autodéfense avec un couteau.

Ses yeux avaient toujours une gravité sous-jacente. Je ne savais pas ce qui l'avait mise là, ni pourquoi il était si conscient de la sécurité. Plus que nos circonstances de vie ne le justifiaient, je crois. La pensée de ce qui l'avait rendu ainsi m'aurait peut-être gardée éveillée la nuit à m'inquiéter si je n'avais pas été si épuisée à la fin de la journée. Cela aurait pu être les corvées quotidiennes. C'était très probablement Jeb.

L'homme était insatiable. Il me baisait au réveil, avant de dormir, et chaque fois que l'envie le prenait durant la journée. N'importe quoi pouvait le déclencher. Un aperçu de sein, la vue de mes fesses quand je me penchais, ou moi léchant mes lèvres d'une certaine façon. Je l'ai peut-être un peu provoqué. Je veux dire, allez. Jeb donnait des orgasmes phénoménaux, et j'étais restée trop longtemps sans. L'homme avait une queue qui me faisait saliver à l'idée de la goûter, et un visage et un corps qui me mouillaient rien qu'en les regardant. J'aurais été stupide de ne pas en profiter.

J'avais appris que Jeb savait effectivement ce qu'étaient les préliminaires. L'homme excellait dans tout ce qu'il entreprenait, et le sexe ne faisait pas exception. Ces autres femmes avaient été folles. Leur perte était mon gain. S'inscrire à L'Agence Cœur à Cœur et quitter la Course aux Compagnons avec Jeb ? Meilleure. Décision. Jamais.

Jeb était bourru et exigeant, souriait rarement et ne parlait que lorsqu'il avait quelque chose à dire. Il était aussi protecteur, attentif et aimant à sa façon. En bref, une fois passé l'extérieur dur et les manières rugueuses, Jeb était une guimauve.

J'étais avec Jeb depuis trois semaines avant que nous ne décidions qu'il était temps d'aller chercher mes affaires. La fin du mois approchait, et le loyer serait bientôt dû. Je voulais avoir retiré mes affaires avant pour économiser de l'argent. Le travail n'était pas un problème. À l'insu de Jeb, lorsque j'avais contacté mon patron pour l'informer que je prenais un congé d'urgence, j'avais également envoyé par courriel mes documents de retraite au bureau des pensions. Si je ne les retirais pas dans les trente jours, le processus serait automatique une fois tous mes jours de vacances et de congés maladie épuisés.

Rouler vers New Town a été un choc. Le bruit, les gens, l'agitation pure de tout le monde et de tout a submergé mes sens. Jeb a remarqué ma tension. — Qu'est-ce qui ne va pas ?

J'ai agité une main, indiquant notre environnement. — Ça. Tout. C'est trop. Comment ai-je pu supporter tout ça pendant toutes ces années ?

Il a attrapé ma main et l'a tenue dans la sienne. Il faisait de plus en plus de gestes comme celui-là récemment, me touchant avec affection. — C'est tout ce que tu connaissais.

— Ouais. Soudain, je ne pouvais plus attendre de retourner chez nous. S'il y avait eu même un soupçon de doute sur le fait que j'avais pris la bonne décision, il avait été éradiqué.

Nous avons fait court pour emballer mes affaires et charger le camion. Une fois qu'il a bien vu la présence imposante de Jeb, le propriétaire a accepté que je rompe le bail sans protestation et sans pénalité. Il m'a rendu ma caution, m'a souhaité bonne chance dans ma nouvelle vie et a accepté de faire suivre mon courrier, tout en gardant un œil méfiant sur Jeb.

J'ai tapoté le bras de Jeb alors que nous quittions l'immeuble. — C'est bon de t'avoir près de moi, Jeb Wyatt. Ça s'est passé beaucoup plus facilement que je ne l'avais prévu.

Jeb m'a lancé un sourire, me surprenant par à quel point il avait l'air heureux à ce moment-là.

Notre prochaine étape était L'Agence Cœur à Cœur afin de finaliser les papiers et récupérer mes effets personnels. Jeb avait conduit le grand camion qu'il utilisait pour récupérer des objets afin que tous mes meubles puissent tenir à l'arrière. Une brève dispute a éclaté lorsque je me suis proposée de le guider pendant qu'il reculait dans le petit parking de l'entreprise.

— Comment vas-tu me guider alors que tu ne sais pas conduire ? a-t-il demandé.

J'ai soufflé. — Je n'ai pas besoin de savoir conduire pour être capable de voir si tu es sur le point de heurter quelque chose.

Jeb a regardé autour de lui et vérifié tous les rétroviseurs. — Bien. Tiens-toi de ce côté où je peux te voir dans mon rétroviseur. Il a pointé vers le rétroviseur du conducteur. — Guide-moi en reculant, mais ne sois pas si absorbée à me surveiller que tu oublies de faire attention à ton environnement. Si quelqu'un approche ou te met mal à l'aise, crie pour moi.

J'ai tapoté le couteau attaché à ma cuisse. Étonnamment, je m'étais mieux adaptée à l'entraînement au couteau qu'aux armes à feu et je me sentais nue quand je n'en avais pas sur moi. — Je suis armée.

— Pia. Sa voix était sévère.

— D'accord, d'accord. Bon sang. J'ai sauté du camion sous ses jurons murmurés.

Jeb a garé et verrouillé le camion. Regardant toujours autour comme s'il s'attendait à être attaqué à tout moment, il m'a rejointe sur le trottoir. Il a glissé un bras autour de ma taille alors que nous marchions vers les doubles portes en verre teinté avec le nom et le logo de L'Agence Cœur à Cœur gravés dessus. Jeb a tenu la porte ouverte et je suis entrée.

La jeune et jolie réceptionniste a levé les yeux avec un sourire. — Bienvenue à L'Agence Cœur à Cœur, où votre partenaire idéal n'est qu'un test de distance. Comment puis-je vous aider ?

La salle d'attente était vide. Il y avait quelques employés de bureau assis à des bureaux, la plupart au téléphone. Sur le côté, dans une alcôve, se trouvaient quelques femmes devant des ordinateurs. Très probablement des clientes remplissant le questionnaire d'admission.

— Je voudrais voir Jillian. Elle a mes affaires, ai-je dit.

La réceptionniste a gardé son sourire, même si elle continuait à jeter des coups d'œil furtifs vers Jake derrière moi. — Votre nom ?

— Pia Montgomery, ai-je dit.

Le sourire de la femme a faibli avant qu'une version crispée ne revienne. — Vous avez dit Pia ?

— Oui, avons-nous dit Jeb et moi ensemble.

— Un moment, s'il vous plaît. La réceptionniste a appuyé sur un bouton de son panneau, s'est tournée de façon à nous présenter son profil, et a parlé doucement dans son casque.

J'ai jeté à Jeb un regard du genre « c'est quoi ce bordel ? ».

Elle a hoché la tête plusieurs fois à ce qui se disait, jetant des regards méfiants dans notre direction. Après un dernier « Oui, madame », elle a tapé à nouveau sur son casque et s'est tournée pour nous faire face.

Une fois de plus, son sourire était faux, et ses yeux gris étaient anxieux.

— Jillian sera avec vous dans un instant. Si vous voulez bien prendre place dans notre salle d'attente ?

— Ici, c'est bien, a dit Jeb.

La femme l'a regardé, a hoché la tête et a tourné son attention vers son ordinateur. Quelque part au fond du bâtiment, une porte a claqué et le tap-tap de pas en talons hauts s'est dirigé rapidement vers nous. Dès que Jillian m'a aperçue, elle a hurlé : — Où diable étais-tu passée ?

Chapitre Quatorze

Pia

Jillian avait l'air d'un chien enragé. Il ne manquait que la bave autour de sa bouche. Ses dents blanches parfaites étaient découvertes en un rictus sauvage, et ses yeux plissés de fureur.

Je me raidis. — Quoi ?

— Où. Diable. As-tu. Été ? hurla-t-elle, en détachant chaque mot. Elle pointa un doigt vers moi tout en avançant d'un pas menaçant. — Tu sais l'enfer que tu as provoqué avec ta disparition ?

Complètement désorientée, je ne pouvais que la fixer du regard. Soudain, un large dos musclé bloqua ma vue. Jeb s'avança, et un de ses longs bras se tendit en arrière pour me maintenir derrière lui. — Non. C'est tout ce qu'il dit, d'un ton tranchant.

Posant mes mains sur sa taille, je jetai un coup d'œil derrière lui juste à temps pour voir Jillian s'arrêter net. — Qui diable es-tu ?

L'inquiétude s'ajouta à ma confusion. Jillian ne savait pas qui était Jeb ? M'avait-il menti ?

Jillian le dévisagea intensément. — Attends. Je te connais. Tu es ce type. Celui qui a fait fuir toutes ses partenaires. Combien y en a-t-il eu ? Dix ?

— Cinq, pas plus de six, articula Jeb entre ses dents.

Jillian agita la main, balayant ses paroles, et se concentra sur moi. — Tu as enfreint les règles, Pia.

Je sortis de derrière Jeb pour me tenir à ses côtés. — Comment ? J'ai participé à ta stupide chasse, j'ai été attrapée, et je suis partie avec mon partenaire. Exactement comme tu l'as dit. Ou plutôt, comme Danny l'a dit, parce que toi, tu n'as rien expliqué du tout. Jillian avait boudé dans la camionnette.

— Il n'est pas un prétendant éligible, dit Jillian, pointant à nouveau son index, cette fois vers Jeb.

— Qu'est-ce que tu veux dire par « pas éligible » ? demandai-je.

En même temps, Jeb dit : — Bien sûr que si. J'ai payé vos maudits frais. Je suis toujours un client en règle, et madame, si vous voulez garder ce doigt, je vous suggère d'arrêter de pointer.

— Il n'était pas invité à la chasse. Il n'a pas examiné les profils compatibles. Sa présence était une violation des règles, dit-elle, en continuant de s'adresser à moi et en ignorant totalement Jeb.

— Je me fiche de vos foutues règles, madame. Vos règles sont la raison pour laquelle j'ai épuisé six partenaires incompatibles, argumenta Jeb.

Jillian inspira brusquement et ses lèvres se serrèrent comme si elle sentait quelque chose de pourri. — Nos méthodes ont été scientifiquement prouvées. Notre bilan est excellent, à l'exception de vous. Elle claqua des doigts, comme si elle appelait un chien au pied. — Viens, Pia. Cela ne convient tout simplement pas. Tu dois choisir quelqu'un d'autre. Gerald attend. Je lui ai promis que je l'appellerais quand nous t'aurions retrouvée.

— Ce connard ? demanda Jeb.

— Qui est Gerald ? demandai-je, l'air probablement aussi perplexe que le laissait entendre ma voix.

— Le type qui pensait qu'il allait te prendre à moi, dit Jeb, me jetant un regard par-dessus son épaule.

Je fronçai le nez et me glissai pour me tenir aux côtés de Jeb. — Lui ? Non merci. Jillian, je vais te dire ce que je lui ai dit. Je choisis Jeb. Il m'a attrapée en premier.

Jillian jeta à Jeb un regard méprisant. — M. Wyatt n'avait rien à faire là-bas. Gerald est ton partenaire. Il correspond parfaitement à ton profil.

— Dommage pour Gerald. Dis au perdant de se trouver une autre femme. Celle-ci est à moi, déclara Jeb, en passant son bras autour de mes épaules. Je me blottis contre sa chaleur.

Jillian plissa les yeux, son aversion pour Jeb était palpable. — Pia ?

Je levai la main pour entrelacer mes doigts avec ceux de Jeb, présentant un front uni. — J'ai pris ma décision. Jeb est l'homme avec qui je veux passer le reste de ma vie.

Jillian redressa les épaules et pinça les lèvres. — Je vois. J'ai bien peur que vous ne me laissiez pas le choix. Vous êtes tous les deux bannis de cette entreprise. Nous supprimons vos noms en tant que clients et vos remboursements sont annulés. Si c'est la dernière chose que je fais, je m'assurerai personnellement qu'aucun autre service de rencontres ne vous accepte. Pia, si tu changes d'avis et décides de faire ce qui est juste, tu sais comment me contacter.

Jillian renifla et se retourna pour partir.

Jeb dégaina son pistolet et arma le chien. — Pas si vite.

La réceptionniste hoqueta et plongea au sol. Jillian devint blême, tout le sang se drainant de son visage. — Stephan, appelle les autorités.

— Tu seras morte avant qu'ils n'arrivent, dit froidement Jeb.

Jillian déglutit difficilement mais le fixa courageusement du regard. Pia devait l'admettre. Cette femme avait du cran. — Que veux-tu ? demanda Jillian.

— Nous sommes venus chercher le sac à main de Pia et ses affaires, et nous ne partirons pas sans. Stephan, vas-y, appelle la police. Nous serions ravis de leur dire comment Jillian ici présente détient le sac à main et les papiers d'identité de Pia et refuse de les lui rendre. Je crois que cela s'appelle du vol, dit-il.

— N'oublie pas mon téléphone portable et mon sac de travail, ajoutai-je.

— Les portables sont coûteux. Cela pourrait faire monter les accusations au niveau d'un délit de classe E. Qu'en penses-tu, Pia ? demanda Jeb, sa main tenant l'arme ne tremblant pas.

— Facilement. Je viens de passer au dernier modèle. Les téléphones sont très chers, dis-je.

— Et puis il y a cette petite affaire d'enlèvement. Je ne crois pas que L'Agence Cœur à Cœur s'en sortirait très bien si leurs méthodes étaient divulguées au grand public, dit Jeb.

Les mains de Jillian se crispèrent à ses côtés. — Vous ne pouvez rien dire à ce sujet. Vous êtes liés par un accord de confidentialité.

Jeb secoua la tête et fit claquer sa langue. — Voyez-vous, c'est là que vous vous trompez. J'étais lié par une clause de confidentialité, mais vous venez de résilier mon contrat. Les deux nôtres, pour être exact. Donc, vous devrez me pardonner si je ne me sens pas exactement loyal envers l'entreprise.

Me rappelant la réaction de Jillian dans le bunker quand elle avait reçu cet appel, je réfléchis à voix haute : — Tiens, Jillian, je me demande ce que diront tes patrons quand ils le découvriront. Dis-moi. Sont-ils toujours en colère contre toi pour avoir pris le fils de Cara et l'avoir gardé en otage ?

Je pouvais littéralement entendre Jillian grincer des dents. Nous l'avions acculée dans un coin, et elle le savait. — Que voulez-vous ?

— D'abord, tu vas rendre ses affaires à ma femme, dit Jeb.

— Stephan, lança-t-elle.

Le jeune homme se leva de son bureau, disparut dans une pièce arrière et revint quelques minutes plus tard avec un sac en plastique noir scellé. Lorsqu'il s'approcha, je pus voir mon nom dessus. Observant l'arme dans la main de Jeb avec méfiance, il me le tendit et recula rapidement hors de la ligne de tir.

— Vérifie que tout est à l'intérieur et que toutes tes cartes sont là, dit Jeb.

Jillian inspira brusquement. — Le personnel de L'Agence Cœur à Cœur n'est pas composé de voleurs. Rien n'a été pris.

— Ça ne me rassure pas, marmonnai-je en ouvrant le sac. — Vous êtes assez rapides pour menacer de garder l'argent des gens.

— C'est différent, claqua Jillian.

— Tout est là, dis-je à Jeb. En relevant la tête, je remarquai que les trois femmes avaient arrêté ce qu'elles faisaient et observaient tout avec un intérêt avide. — Hé, vous devriez peut-être réfléchir à deux fois à ce que vous faites. L'Agence Cœur à Cœur m'a trouvé un partenaire, mais certaines de leurs pratiques sont douteuses.

— Douteuses, comment ? demanda la femme qui semblait avoir mon âge.

— Avez-vous dit enlèvement ? demanda une autre.

— Oubliez l'enlèvement. Avez-vous dit qu'ils ont retenu l'enfant de quelqu'un en otage ? dit la troisième femme. Elle se baissa et ramassa son sac à main. — Ce n'est pas quelque chose auquel je veux participer. Viens, Millie. Il y a une autre agence dans la rue. Les avis n'étaient pas aussi bons que pour cet endroit, mais il y a clairement beaucoup de choses qui se passent ici que l'entreprise garde silencieuses.

Les deux femmes sortirent. Après un moment d'hésitation, la troisième les suivit.

— Oups, on dirait qu'on vient de vous faire perdre des clients. Ça doit faire mal, dis-je.

— Vous avez vos affaires. Veuillez partir, dit Jillian d'un ton courroucé en fermant les yeux et en se pinçant l'arête du nez.

— Pas encore. Nous voulons les documents certifiant que nous sommes un couple officiel de L'Agence Cœur à Cœur, signés et en notre possession. Nous les déposerons nous-mêmes au tribunal. Gardez l'argent. Vous l'avez mérité, dit Jeb.

— Tiff, lança Jillian.

La réceptionniste leva les yeux quand son nom fut appelé et se releva lentement du sol. Elle appuya sur quelques boutons de son ordinateur et bientôt un document sortit de l'imprimante. Nous tendant un stylo, Tiff dit : — Signez ici et ici, s'il vous plaît.

Jeb me passa l'arme, parcourut le document et signa aux endroits indiqués. Quand il me tendit le stylo, je lui rendis son arme et fis de même. La réceptionniste signa en tant que témoin puis l'estampilla avec le sceau de L'Agence Cœur à Cœur. Après avoir soufflé dessus plusieurs fois pour faire sécher l'encre, elle le passa dans la photocopieuse. — Voici l'original. Nous garderons une copie ici pour nos dossiers, et il y a une copie supplémentaire pour vos archives.

— Merci, dis-je, en acceptant les documents.

— Allons-y, dit Jeb.

Il rangea son arme et commença à nous diriger vers la sortie.

Adressant à Jillian un sourire éclatant, je dis de ma voix la plus sarcastique : — C'était un plaisir de faire affaire avec vous. Je ne manquerai pas de recommander L'Agence Cœur à Cœur à tous mes amis.

Chapitre Quinze

Pia

J'étais assise sur la véranda, adossée dans la chaise en bois, mes pieds nus posés sur la rambarde, avec le fusil de chasse appuyé à proximité. Jeb était dans le jardin, torse nu et en sueur, labourant la terre. Aujourd'hui marquait le premier anniversaire de la nuit où nous nous étions rencontrés. J'ai jeté un bref coup d'œil à l'alliance en or qui ornait mon annulaire avant que mon regard ne revienne sur mon spectacle personnel. La simple vue du soleil jouant sur tous ces muscles dorés suffisait à m'exciter.

L'année écoulée n'avait pas été que roses et soleil. Jeb était bourru et asocial. Certains jours, il avait le caractère d'un médecin des urgences, vingt-cinq heures dans une garde de vingt-quatre heures sans fin en vue, en plein sevrage de caféine. L'homme souffrait d'une grave anxiété de séparation en ce qui me concernait. J'avais dû faire un énorme ajustement dans mes définitions d'intimité et d'espace personnel. Ah, et n'oublions pas son interdiction permanente de tout ce qui ressemblait au wi-fi dans la maison.

À propos de cette interdiction... Il s'est avéré que l'homme avait un centre de commandement informatisé caché au fond des bois. Voici comment je l'avais découvert...

Après notre départ de L'Agence Cœur à Cœur et de l'irritante Jillian, Jeb était dans tous ses états. Il s'était contenu pendant que nous remplissions la paperasse au palais de justice, faisant de nous officiellement mari et femme.

Je ne savais pas que nous allions acheter des alliances jusqu'à ce qu'il s'arrête devant la bijouterie, et je doute qu'il ait dit plus de cinq mots à l'intérieur. Nous sommes entrés dans la boutique, et il a pointé du doigt la vitrine. — Choisis-en une.

Quand j'ai fait mon choix, en le gardant aussi simple que possible, il s'est tourné vers le vendeur. — Combien ?

Une fois informé du montant, il a sorti sa carte et a payé. Nous sommes sortis portant des alliances assorties.

Le trajet du retour s'est fait en silence avec une tension sous-jacente qui bouillonnait. C'était Jeb qui bouillonnait, pas moi, bien que je n'aie pas été heureuse des tentatives de Jillian pour nous séparer. À la maison, Jeb a garé le pick-up près du porche pour faciliter le déchargement. Il est descendu et a attrapé mes appareils électroniques, qu'il avait placés dans un sac séparé. Quand j'ai ouvert la portière et tendu la main pour saisir une boîte, il a dit : — Laisse le reste. Nous le récupérerons à notre retour.

— Nous allons quelque part ? ai-je demandé alors qu'il me pressait hors du camion et sur un véhicule tout-terrain à trois roues.

Il a grogné en guise de réponse.

Je me suis accrochée de toutes mes forces tandis que Jeb semblait tracer son propre chemin à travers les bois. Un coup d'œil en arrière m'a montré qu'entre toutes les feuilles et les aiguilles de pin sur le sol, les roues n'avaient pas laissé de traces que quelqu'un pourrait suivre. D'une certaine façon, je pensais que c'était son intention. Nous nous sommes arrêtés devant une cabane quelconque. Jeb a coupé le moteur et est resté assis.

— Qu'est-ce qu'on—

— Chut !

L'homme m'avait fait taire. J'ai levé les yeux au ciel. D'accord, alors.

Il a regardé autour de lui, étudiant notre environnement et écoutant. Quand la faune et les insectes ont commencé à chanter leurs mélodies, Jeb est descendu du véhicule. — Viens. C'est sûr.

— Paranoïaque, hein ? ai-je demandé, le sarcasme évident.

— Tu paries. C'est ce qui me maintient libre et en vie. Il a mis sa clé dans la serrure et ouvert la porte.

Je l'ai fixé du regard, les pieds gelés au sol. — Es-tu en cavale ? Si c'est le cas, je pense que c'est une information que j'aurais dû connaître avant de signer sur la ligne pointillée.

Il m'a regardée, les yeux pleins de mystère. — Disons simplement que je suis une marchandise très recherchée.

Exaspérée, j'ai mis mes mains sur mes hanches. — Qu'est-ce que ça veut dire ?

— Je t'expliquerai—à l'intérieur. Nous sommes trop exposés ici. Il m'a fait signe d'entrer et après un regard prudent autour de moi, j'ai obéi. La paranoïa de Jeb était contagieuse. Quelle était cette fameuse citation ? « Ce n'est pas parce que tu es paranoïaque qu'ils ne sont pas après toi. »

De l'extérieur, la cabane semblait qu'un bon coup de vent fort la renverserait. En l'examinant de plus près, j'ai découvert qu'elle était très bien construite. Elle avait un lit, un poêle à bois et quelques étagères avec des conserves. Cela me rappelait les cabanes de ligne dont je lisais dans les romans western ou les cabanes de chasse que j'avais vues dans les films.

Jeb a déplacé le tapis, révélant une grande trappe dans le sol. Il l'a ouverte et m'a fait signe de descendre. J'ai regardé à l'intérieur. — Il fait noir.

— Il y a de la lumière en bas, a-t-il dit.

Je ne voyais pas de lumière. Pas même un soupçon. — À quelle profondeur ça descend ?

— Pia. Le ton de Jeb indiquait qu'il avait perdu patience.

Poussant un soupir exagéré, j'ai commencé à descendre. L'échelle avait une légère inclinaison qui rendait la descente facile. Pas d'inquiétude à propos de glisser et tomber. J'ai descendu au moins un étage, peut-être deux, avant de voir une lueur. J'ai arrêté de m'inquiéter de l'obscurité totale et j'ai commencé à stresser à propos de l'oxygène. Et si nous étions piégés sous terre ?

Mes pieds ont touché la roche solide et je suis descendue de l'échelle, me déplaçant sur le côté pour faire de la place à Jeb qui était juste derrière moi. Je l'ai suivi autour d'un coin et me suis brusquement arrêtée. Un mur était rempli d'écrans qui montraient tous les angles de la propriété. On aurait dit une vue satellite. Il y avait des ordinateurs et des équipements de communication.

J'ai découvert ces derniers quand Jeb a appelé quelqu'un et a obtenu une réponse. Leur conversation m'a sidérée. Ils parlaient principalement en code, mais j'ai pu déchiffrer deux choses : Jeb connaissait non seulement les propriétaires de L'Agence Cœur à Cœur mais était lui-même un associé silencieux dans l'entreprise. La deuxième chose que j'ai apprise était que Jeb était un fervent partisan de la devise : Ne te mets pas en colère. Venge-toi.

Il était furieux contre Jillian, et si la femme avait encore un emploi après aujourd'hui, j'en serais étonnée. Jillian allait apprendre qu'il fallait vraiment être prudent quand on traitait avec les infectés parce qu'on ne savait jamais qui était connecté à qui. Après avoir eu affaire à elle et à son attitude supérieure, je ne la plaignais pas le moins du monde.

Quand Jeb a terminé son appel, j'ai dit : — Je croyais que c'était inconfortable pour les infectés d'être près des appareils électroniques ?

— Pour la plupart des infectés, c'est le cas, mais je suis de première génération. Il a sorti ma tablette, mon téléphone portable et mon ordinateur portable et les a posés sur la table devant lui. D'un bureau, il a sorti un tournevis.

— Première génération ? Qu'est-ce que ça veut dire ? Et que fais-tu avec mes affaires ? ai-je demandé, alarmée.

— Je désactive le dispositif de traçage, a-t-il dit, penché sur son travail. Je suis le patient zéro. Le premier sujet de test sur lequel le virus a fonctionné comme il a été conçu pour le faire. Tous les autres ont une version bâtarde. Les scientifiques du gouvernement n'ont jamais été capables de reproduire les résultats qu'ils ont obtenus avec moi.

Ma bouche s'est ouverte en grand. Je savais que Jeb avait été dans l'armée. Le virus avait commencé comme résultat de notre gouvernement jouant à Dieu, essayant de créer un super soldat. Je ne m'étais pas rendu compte que Jeb avait été l'un des sujets de test. — Quel âge as-tu ?

Il n'a même pas relevé les yeux. — Assez vieux. S'il y a quelque chose que tu veux télécharger d'internet sur ta tablette ou ton ordinateur portable, fais-le ici. Cette zone est sécurisée. Une fois que nous sortirons d'ici, le wi-fi sera désactivé. Je garde ton téléphone ici. Il ne fonctionnera pas là-bas de toute façon.

— Où sommes-nous ? Qu'est-ce que c'est que cet endroit ? ai-je demandé en me connectant à ma librairie préférée pour acheter suffisamment de lecture pour me tenir occupée pendant quelques mois.

— Un puits de mine abandonné. Un autre tunnel passe sous la maison. Je t'apprendrai à naviguer dans les tunnels, au cas où il se passerait quelque chose, a-t-il dit.

— Pourquoi toutes ces précautions ? J'ai fait défiler la boutique, cherchant des livres non seulement pour me divertir pendant mon temps libre précieux mais limité, mais aussi des livres pour m'éduquer sur ce nouveau style de vie que j'avais embrassé.

— Parce que non seulement je suis l'origine du TS391, mais mon sang est aussi la source de l'antiviral. Le seul qu'ils ont trouvé, a-t-il dit, l'air sinistre.

Je l'ai regardé fixement, la bouche bée. Une marchandise précieuse, en effet.

Chapitre Seize

Pia

Tu en as fait assez pour moi ? demanda Jeb, apparaissant soudain à mes côtés.

Sa brusque apparition me ramena brutalement à la réalité. J'ai sursauté et j'ai failli basculer avec ma chaise. Jeb l'a rattrapée et m'a redressée.

— Qu'est-ce que tu as dit ? ai-je demandé, une main pressée contre mon cœur. Cet homme se déplaçait comme un chat — silencieux et furtif. On pourrait croire que j'y serais habituée maintenant.

— Je t'ai demandé si tu en avais fait assez pour moi, répéta-t-il, montrant du doigt le bocal Mason de jus de pomme pressé posé contre le pied de ma chaise.

— C'est pour toi. J'ai bu le mien dans la maison. C'était la saison des pommes, et j'avais découvert un amour pour le jus de pomme et le cidre maison. Je cuisinais des tartes, faisais des chaussons et des beignets, et mettais des pommes en conserve pour les mois hors saison. Avec trois pommiers, nous avions une réserve abondante. Ce que nous ne gardions pas, Jeb le vendait.

Il prit le verre, se penchant si près que je sentis distinctement son odeur d'homme, de sueur et de terre. Jeb ouvrit le bocal, porta le verre à sa bouche et but plusieurs grandes gorgées. Le mouvement de sa pomme d'Adam me fascinait. Je pris mon doigt et le traînai lentement sur ses abdominaux sculptés. — Tu as besoin d'une douche.

Une lueur ardente s'alluma dans ses yeux tandis qu'il abaissait le bocal. — Ah oui ? Tu m'accompagnes ?

Je me léchai les lèvres, adorant la façon dont ses yeux suivaient ce mouvement. — Tu sais que je suis pour la conservation de l'eau. Tu as fini ?

Il me détailla du regard. Bien que la brise soit légèrement fraîche, ici au soleil il faisait délicieusement chaud. Je portais un fin t-shirt gris qui moulait ma poitrine libre. Un short coupé couvrait le bas de mon corps, laissant la majeure partie de mes jambes nues et caressées par le soleil. Même le vernis de mes orteils était de ce rouge sexy que Jeb préférait.

— Maintenant oui, dit-il, son regard revenant au mien.

Jeb me tira de la chaise et me porta sous un bras comme un sac de pommes de terre. Je ris de son comportement d'homme des cavernes. Je l'avais déjà pensé et le penserais probablement encore : les femmes qui avaient rejeté cet homme étaient des idiotes.

Il traversa la pièce principale où notre dîner cuisait déjà dans la mijoteuse, directement vers la salle de bain, et me posa sur mes pieds. — Enlève tout, exigea-t-il, désignant mes vêtements.

Jeb tendit la main vers sa fermeture éclair, et j'écartai ses mains. — Laisse-moi faire.

Il leva les bras, s'agrippa au haut de la cabine de douche et me fixa, les yeux plissés et concentrés. Je tirai sur le bouton et glissai ma main dans son pantalon. Jeb ne portait rien sous ses vêtements quand il travaillait à la ferme. Il était déjà dur et prêt pour moi. J'enveloppai mes doigts autour de sa peau soyeuse.

Avec ma main libre, j'abaissai la fermeture éclair pour donner plus d'espace à ma main déjà occupée. Il jaillit lorsque je poussai son pantalon sur ses hanches, et je le caressai de la base jusqu'à l'extrémité, adorant sa vue et son contact. Jeb était épais et long. Franchement, son sexe était le plus beau que j'avais vu de ma vie. En tant qu'infirmière, j'en avais vu beaucoup. Je n'avais jamais été du genre à vénérer le corps masculin, mais cet homme pouvait me convertir.

— Pia, gémit-il.

— Oui, mon mari ? demandai-je, le regardant sous mes cils. Il adorait quand je le revendiquais verbalement.

Il inspira profondément et expira de façon contrôlée. — Tu essaies de me faire perdre mon sang-froid.

Je frottai mon pouce sur l'extrémité de son pénis et étalai le liquide pré-éjaculatoire autour du gland sensible. — Est-ce que je ferais ça ?

Son sexe tressaillit dans ma main et se gonfla davantage.

— Oui, ma tigresse, tu le ferais. Si tu continues comme ça, je vais te baiser si fort que tu marcheras jambes écartées pendant une semaine, prévint-il.

Je serrai fortement sa verge et tirai dessus, puis glissai ma main pour prendre ses testicules, tout en lui souriant. — C'est promis ?

L'homme bougea. Mon t-shirt et mon short se retrouvèrent au sol. Jeb n'était pas le seul à aimer aller sans sous-vêtements. Il me mit dans la douche, mon dos contre le mur, en quelques secondes. — Tu disais ?

Jeb pouvait être doux et tendre. Il pouvait aussi être long et prendre son temps, jouant avec mon corps jusqu'à ce que je pense que mes nerfs allaient sauter hors de ma peau. Mais l'homme excellait dans le dur et profond, et il m'avait appris à aimer recevoir ce genre d'amour brutal autant qu'il aimait le donner.

Soulevant ma jambe, je l'enroulai autour de sa taille, inclinai ma tête sur le côté et battis des cils d'une manière aguicheuse. — Tu sais combien j'aime une bonne bais... Oh !

Jeb s'enfonça en moi. Alors qu'il se retirait, il saisit mes fesses, me souleva plus haut pour une pénétration plus profonde et me donna exactement ce qu'il avait promis. J'enroulai mes deux jambes autour de lui, liant mes pieds au creux de son dos. Ce mouvement m'ouvrit à lui et permit à Jeb de faire ce qu'il voulait. Tout ce que j'avais à faire était de m'accrocher.

La salle de bain se remplit de grognements et de halètements, et du bruit mouillé de la chair contre la chair. Jeb n'était pas bavard dans les meilleurs moments, mais quand il devenait comme ça, il devenait monosyllabique.

— Putain !

— Oui !

— Prends-le !

— Comme ça !

— Mords-moi.

À son ordre, j'enfonçai mes ongles dans son dos et plantai mes dents dans son épaule.

— Putain, oui ! cria-t-il, rejetant sa tête en arrière.

Le sexe entre nous était sauvage et indompté, aussi indompté que les infectés. Je n'étais pas l'une d'entre eux — des années de vaccinations obligatoires m'empêchaient d'attraper le virus, même maintenant. Pourtant, Jeb avait réussi à faire ressortir ma bête intérieure, et j'adorais chaque instant.

Je jouis intensément. Jeb utilisa sa poitrine pour me presser contre le mur, me tenant alors que ma prise sur lui se relâchait. Quelques poussées de plus et il finit en moi. Nous glissâmes lentement au sol, moi assise sur ses genoux. J'embrassai la peau tendre derrière son oreille. — Tu es toujours en sueur et sale.

Je sentis ses lèvres s'étirer en un sourire là où elles reposaient contre mon épaule. — Exactement comme tu m'aimes.

Je passai mes doigts dans ses cheveux, grattant son cuir chevelu de mes ongles dans une caresse subtile. — Que veux-tu que je dise ? Nous sommes faits l'un pour l'autre.

Jeb se redressa pour voir mon visage. — Je sais que je peux être un emmerdeur, mais tu ne trouveras jamais un autre homme qui t'aime autant que moi. Et si tu le fais, je le tuerai.

Cette remarque me fit éclater de rire. C'était tellement Jeb. Je pris son visage dans mes mains. — Je t'aime aussi. Tu es peut-être un emmerdeur, mais tu es mon emmerdeur. Tu sais qu'aujourd'hui, c'est notre anniversaire ?

— Ah bon ? demanda Jeb en se levant, en allumant l'eau et en ajustant la température.

— Oui. Il y a un an ce soir que nous nous sommes rencontrés pour la première fois, lui dis-je, en me levant et en attrapant le savon.

— Hmm, dit-il, semblant désintéressé.

Jeb ne suivait pas les dates, juste les saisons. Ce qui avait du sens, vivant au milieu de nulle part comme nous le faisions. Nous n'avions pas à surveiller quand les poubelles seraient ramassées ou quels jours les factures étaient dues. Nos vies tournaient autour des saisons changeantes, du temps des semailles et des récoltes, et du soin des animaux.

Sans me décourager, j'ai poursuivi : — J'ai préparé un dîner spécial et une tarte pour le dessert. Je pensais qu'après, quand la nuit tomberait, nous pourrions recréer notre première rencontre.

Il me regarda, les yeux plissés. — Recréer, comment ?

J'avoue que j'étais distraite en regardant l'eau ruisseler sur son corps musclé, le faisant briller.

— Pia ?

— Hein ? Ah oui, dis-je, revenant à moi. Je pensais que tu pourrais me pourchasser à nouveau. Seulement cette fois, nous serons tous les deux nus.

Jeb versa du gel douche sur un gant de toilette et me le lança. Il me frappa à la poitrine avec un bruit mouillé. Puis il étala le liquide sur tout son corps et commença à se frotter par des mouvements rapides et efficaces. — Dépêche-toi de te laver.

— Pourquoi cette précipitation ? demandai-je en souriant.

— Nous avons un anniversaire à célébrer, dit-il.

J'ai ri de son empressement mais j'ai fait ce qu'il commandait.

*****

Des heures plus tard, je courais à travers les bois entourant notre maison. Nue à l'exception des couteaux attachés à mes cuisses et des chaussures de course à mes pieds, je me demandais ce qu'il était advenu des autres femmes qui avaient commencé ce voyage avec moi. Particulièrement Cara et Cherise. Les choses s'étaient-elles bien passées entre Cara et l'homme qui avait accepté de la prendre avec son enfant, sans les avoir vus ? Cherise avait-elle trouvé quelqu'un avec qui elle pouvait créer un lien ? J'espérais que toutes les femmes avaient été aussi chanceuses que moi. Jeb était tout ce que j'avais espéré et ce que je n'avais pas su demander. Il était tout.

Prochain livre de la série :

Mate Run : Cherise

Nous sommes en 2124, et la population mondiale a été divisée en deux groupes : les infectés et les non-infectés. La race, l'ethnicité et la nationalité n'ont plus d'importance.

Cherise Golden est l'une des infectées. En fuite et se cachant depuis ses quinze ans, elle en a assez d'être seule. Elle veut un compagnon et une famille. Quelqu'un de fort qui la protégera de l'homme qui la chasse. Prenant un risque énorme, Cherise se rend à L'Agence Cœur à Cœur, cherchant un mari parmi les infectés.

Noah Hunter est le chef de son clan et l'un des propriétaires de L'Agence Cœur à Cœur. Noah ne cherche pas une femme. Il est venu garder un œil sur les choses et s'assurer que les hommes suivent les règles. Il ne s'attendait pas à trouver une femme infectée parmi les candidates, ni à être irrésistiblement attiré par elle.

S'il la revendique, Noah a-t-il ce qu'il faut pour garder Cherise en sécurité ? Cherise fera-t-elle confiance à Noah assez longtemps pour lui donner une chance ? À vos marques. Prêts. Partez ! C'est le moment d'une course à l'accouplement.

À propos de l'auteure

Zena Wynn est une auteure à succès de romans d'amour érotiques et sensuels dans divers sous-genres de la romance : interraciale, contemporaine, paranormale, science-fiction/fantastique et inspirante. Elle écrit le type d'histoires qu'elle aime lire — des récits avec de grands personnages qui, grâce à l'amour et à la détermination, surmontent tous les défis qui se présentent à eux. Ses héros et héroïnes sont passionnément et amoureusement dévoués l'un à l'autre. Zena souhaite que ses personnages restent gravés dans l'esprit des lecteurs bien après « La Fin ».

Pour en savoir plus sur Zena Wynn, visitez son site web : https://www.zenawynn.com/francais

MATE RUN: PIA
Mate Match Agency 1
By
Zena Wynn
© 2021

A Real Love Enterprises Publication

ISBN 9781005244439
    ALL RIGHTS RESERVED.
    Mate Run: Pia
    Copyright © 2021 by Zena Wynn
    Cover art: Shirley Burnett
    Editor: Vivienne Williams

Chapter One

Pia Montgomery

I sat in a director's style chair that left my feet dangling. Behind me was a ceiling-to-floor black curtain. Overhead was a boom microphone that picked up every word. The thing was so sensitive, I almost heard myself breathing. What unnerved me was the video camera pointed directly at me. The interviewer, Jillian, sat facing me but to the side, just out of camera range. The bright lights created a glare that made it hard to see her.

"I didn't realize this interview would be videotaped," I said.

"We find videotaping the interview gives the mate candidate a much better idea of your true personality. It's so easy to simply check a box on a computer screen. This is more personal," Jillian said.

Eyes narrowed against the glare, I didn't respond. Jillian knew I wasn't happy. I'd been given no warning and little time to freshen up before being stuck in front of the camera. I still had on my scrubs, for goodness sake, and wore no makeup. The most positive thing I could say about my appearance was that my hair was neat, and there was nothing in my teeth.

"Let's start with the basics. What's your name?" Jillian asked.

"Pia."

"Last name?" Jillian asked.

"Just Pia." I wasn't stating my first and last name. The agency, Mate Match, had it in their records.

"Okay, Pia, how old are you?"

"Forty-three."

"Are you single as in never been married, or divorced?"

"Never been married," I said.

"And why is that?"

I thought of all the answers I could give: never met the right guy, it never seemed to be the right time, too picky. All those were true. Finally, I said, "For the past twenty years, I've been focused on advancing my career. It hasn't left time for anything else."

"What is it that you do?"

"I'm a trauma nurse."

"That sounds very stressful," Jillian said. For the first time, her voice lost the robotic sound of a woman who'd asked the same questions hundreds of times. She actually sounded impressed.

I rotated my neck from side to side. "It can be."

"Tell me about your job," she encouraged.

"I work in the emergency department of Mercy General, taking care of patients with critical, sometimes life-threatening injuries. I triage patients as they come in, making sure the most critical are seen first. My work hours are seven p.m. to seven a.m. That's what the schedule reads, but I frequently go over. If the ER is hopping, I can't just leave because the clock says it's time to go," I said.

"No, I don't imagine you can. Why come to Mate Match?"

It was difficult speaking to a faceless voice. The effort to make out Jillian in the shadows hurt my eyes. I blinked, wishing I'd worn sunglasses. After working a fourteen-hour shift, my eyes were tired, and the lights felt like abuse. "The reason most women do, I guess. I'd like to share my life with someone. Waiting for someone to find me hasn't worked out too well. It's time I became more proactive."

"I understand, but that doesn't answer the question. Why Mate Match in particular?"

"You mean why come to a dating agency that specializes in finding matches for the infected?" I asked.

"Yes. Most people fear them. Or think they're animals," Jillian said.

"First of all, I'm a medical professional. I know exactly what the infected are, and what they're not. I've treated my share of the newly infected and know how the virus attacks the body. Despite having many animal characteristics, the infected are not animals. They don't change into werewolves, or whatever animal combination they've been infected with. Are they stronger, faster, smarter, and more cunning than the average human? Yes, they are. Their emotions are more volatile, and they're driven more by instincts than the noninfected population," I said.

"Sounds like you know what you're talking about," Jillian said.

It took all I had within me not to roll my eyes. "I have a master's degree in nursing. In order to treat the infected, we had to learn all about them."

"So again, why seek out the infected?" Like a dog with a bone, Jillian kept coming back to that same question.

"I've seen the infected with their mates. There's a bond, a sense of loyalty and commitment I don't see in noninfected couples. Maybe it's due to their animalistic nature? Scientists say wolves mate for life. That's the type of relationship I want."

"Thank you, Pia. That's all I need." Jillian pushed her remote control and the red light on the video camera winked out. Another button switched off two of the overhead lights. My eyes still had that halo effect, and I blinked, giving my pupils time to adjust.

"That's it?" Somehow, I thought there'd be more. Where were the questions about my likes and dislikes, hobbies, and what I looked for in a man?

"Yes. We want to leave something for your match to discover on his own. There is one more thing I need from you," Jillian said. Something in her voice told me I wasn't going to like it.

"What?"

She handed me a plastic zip lock bag. "I need you to take off your panties and seal them in here."

I gave a slow blink, certain I'd misheard. "Do what?"

"Your panties. In this bag," Jillian patiently repeated.

Hesitantly, I reached out and took the bag from her. "Why?"

She gave me an understanding smile. "The infected determine compatibility on the basis of scent."

Just like an animal, I thought, but didn't say.

Reminding myself I was the one who'd initiated this process, I went into the bathroom to do as instructed. As I placed the plain cotton inside the bag, I gave a mental shrug. My undies tended toward comfort and practicality. Again, had I been given warning, I might have chosen something more feminine and appealing. Something that said, "Sexy, exciting woman here" and not "boring and practical."

I exited the bathroom, happy the next stop was home. Going without panties in public wasn't a feeling I enjoyed. "What's the next step?"

"If you're selected, we'll be in contact," Jillian said.

I didn't like her answer. "So, I don't get to view photos of potential matches?"

"No, the choice is all on the part of the male. Infected males like to give chase, not be chased." Jillian laughed as though she'd made a joke. If so, I didn't get the humor. I had a lot riding on this.

"What are the odds of my being selected? I imagine I'm older than your usual client." It was something I'd spent plenty of time pondering, and one of the reasons I'd hesitated to take this final step. Jillian was a young, attractive woman in her twenties. I didn't think she'd understand my concern.

Jillian placed a reassuring hand on my arm. "Infected males don't worry about things like age, race, shape, or size." She held up the plastic bag and gave it a shake. "It's all about the pheromones. One sniff and they know. Don't worry. I'm sure we'll find a match for you. The males far outnumber the available females. That's why Mate Match was created. We have agencies all over the world."

This brought up another question. What if my match lived in another city, state, or even another country? Was I willing to move to be with him?

One step at a time, Pia.

A yawn caught me by surprise. "Sorry. The long night is catching up with me. You have my contact information?" I'd listed my name, phone number, and email address on the application.

Jillian smiled reassuringly. "Yes. Go home and rest. We'll be in touch."

"Okay." Another yawn racked my frame. "Thank you for seeing me, even though I was late for my appointment."

Jillian grinned, her kind face crinkling at the eyes and around her mouth. "Like you said, when things get hopping, you can't just walk out of the hospital because the clock says it's time for you to leave."

I gave her a tired smile in return. "Now I really have to go before I fall asleep on the train and miss my stop. I've done it before. It's no fun. Have a nice day. I hope to hear from you soon."

Chapter Two

Pia

Despite Jillian's optimism, a month passed with no word. We were short-staffed at the hospital—when weren't we?—so I barely noticed. My life was consumed with work, work, and more work. When I wasn't at the hospital, I was asleep or trying to keep up with household tasks. By week six, I'd forgotten all about Mate Match.

I exited the hospital after a grueling fourteen-hour shift, covering for another nurse who worked days. Working seven a.m. to seven p.m. was a change of pace for me—different doctors, different nurses, different emergency medical staff and paramedics. I wasn't used to leaving the hospital in the dark, or getting off shift when the people I knew were coming on.

Fortunately, the metro stopped right outside the hospital. I climbed on after a short wait and wearily sat in the front, waiting for my stop. One of the good things about living in New Town was the transit system. On the outskirts, cars were a necessity. It was rare for a Townie to own a vehicle.

The bus let me off about two blocks from my apartment complex. My apartment was located on a busy thoroughfare containing several eateries and a few corner groceries. I trudged down the sidewalk, shoulders hunched, hand clutching my shoulder bag. It was early enough that there were plenty of people about, so I felt safe.

As I waited with a few others at the crosswalk for the light to change, someone bumped into me. "Sorry," I apologized automatically, moving to give them space.

"My fault," a woman responded.

The light changed and we walked across. The others went straight, but I turned down the block. After a few feet, I began feeling lightheaded and dizzy. My vision blurred, and I grabbed hold of the wrought iron fence surrounding my complex to remain upright. Damn, was I catching a bug? It was the fall season and there were so many viruses going around, it had almost reached epic proportions among the noninfected. The emergency rooms and doctor's offices were crowded with the afflicted. The infected, with their hardy immune systems, rarely became ill.

"Just a little more, Pia. You're almost to the entrance. Another couple of feet and you'll be inside of your apartment. Then you can collapse," I encouraged myself.

I managed to take another couple of steps before my knees gave way. I fumbled for my phone to call nine-one-one. Just as my hand closed around it, a gloved hand closed over my mouth. What the hell?

I struggled weakly as I was lifted off my feet and carted to the white panel van that had eased up beside us. Abducted in plain sight? This couldn't be happening. Surely someone would notice and intervene. I tried screaming but didn't have much air. The hand over my mouth also covered a portion of my nose. Terror gave me an extra boost of energy. I bit, clawed, and kicked. Anything to draw attention.

"Damn, she's a fighter. How long does it take the drug to kick in?" the guy dragging me asked.

"Any second now," the one holding the door open said.

My captor tossed me none too gently into the back of the van and threw my bag in beside me. The whole process had taken less than a minute. A black tide swept over me, and I lost all consciousness.

*****

I came awake fighting.

"Hey, hey! You're safe," a woman said.

Shoving to a seated position, I glanced around wildly to see that I was in a windowless room with several other women. Like me, they sat on green military-style cots. Running my hands over myself, I was thankful to see I still had on my clothes and nothing seemed out of place.

I lurched to my feet, ready to make a break for it, and hit the ground hard.

"Take it easy. The drug is still in your system." The woman put an arm around my waist and helped me to sit on the cot again.

"What's going on? Where am I?" I demanded.

"We don't know," the woman said. "What do you remember?"

I thought hard, pushing past the mental fog that lingered. "I was walking home from the bus stop. I'd just gotten off work."

"You're a medical professional?" she asked.

"A nurse. Started feeling sick, dizzy. I don't remember what happened after that," I admitted.

She nodded like I confirmed her suspicions. "You were taken. We all were." She motioned to the rest of the room.

I took a second, longer look at the women surrounding me, and a sinking sensation filled my stomach. This wasn't good. I glanced at the woman who'd been doing all of the talking. "What's your name?"

"Cherise. Call me Cheri." Cherise was a young woman who looked to be in her twenties. She had golden brown skin, high cheekbones, and gold and black box braids in her hair.

"I'm Pia. Do you have any idea where we are?" I asked.

Cheri shook her head. "I can tell you where we aren't. We're not in the city."

"How can you tell?" one of the other women asked.

"There's no traffic. No electronic billboards loudly advertising products. No buses announcing stops and destinations. All the normal city sounds you take for granted are missing," she said.

A young woman with dark anxious eyes and curly brown hair, who couldn't have been more than twenty, shot to her feet. "I have to get out of here. I need to find my son."

That caught my attention. "You have a child?"

"Yes." She strode to the door and pounded on it. "Open this door, you bastards! Where's my son?"

"Cara's been trying to get information on her son since she roused. They won't tell her anything except that he's safe," Cheri said.

"Like I'd believe a bunch of kidnappers," Cara yelled the last word at the door.

"How long was I unconscious?" I asked, the nurse in me coming to the forefront.

"A couple of hours. It was the same for all of us. I believe I was the first one to be brought in. There isn't a clock, and they removed all of our electronics. At most, I'd estimate that I've been here a day. They come in, drop off a woman, and leave without saying a word. Whatever they want us for, they were prepared. There's a bathroom through that door. Over in that corner is a small fridge with food and drinks. There's even a microwave. They don't intend to starve us," Cheri said.

Until Cheri mentioned it, I hadn't noticed that both my smart watch and cell phone were gone. There was also no sign of my purse and bag. "You have no idea what this is about? I mean, why us? Why now? Why bring us here?"

A woman with olive skin, a narrow face and high cheekbones spoke up from where she huddled on her cot. Her long black hair flowed around her legs as she rested her chin on her knees. "One of the men who grabbed me said something about an alpha wanting me."

That grabbed all of our attention. After the pandemic, human trafficking had all but been abolished. Even in metropolitan areas like New Town, you rarely heard of women or children being kidnapped.

"Alpha?" I asked.

"You think the infected are behind this?" another woman asked.

"This has something to do with the infected?" Cheri asked, her tone worried.

The questions came on top of each other.

The olive-skinned woman lifted her head, her features tired and worn. The stress visible on her face. "I don't know. Maybe. The guys who grabbed me were strong enough to be infected, but why would they come after me? The infected don't like the city, and I never leave it. Who is their alpha and how would he know about me?"

A thought occurred to me. As crazy as it sounded in my head, I had to know. "Did anybody here go to Mate Match?"

They all glanced at me with varying degrees of surprise.

"I did," Cara said from where she'd sunken onto the floor in front of the door. "My son is infected. I went to several reservations asking for sanctuary, but they don't allow the noninfected residency unless you're mated to one of them. They offered to take my son from me, but I refused."

A chorus of "Me, too" sounded in the room as we all studied each other.

"You think we were kidnapped because we signed with Mate Match?" Cheri asked.

Slowly, I nodded. "It's the only thing that makes sense."

"But why would they do something like this?" another woman asked.

I didn't know, but it occurred to me that I should have asked Jillian a hell of a lot more questions during the application and interview process.

Chapter Three

Pia

The women all began talking at once. With so many voices, it was hard to hear. Finally, I put my fingers between my lips and emitted a shrill whistle. The noise immediately halted. Cheri grabbed her ears and her expression showed extreme pain. Being seated right next to me, she'd gotten the worst of it.

"Sorry," I told her. To the rest of them, I said, "Look, we're obviously not getting out of here until they release us. I don't like it any more than you, but there's nothing we can do about it. I suggest we eat, hydrate, and rest so we can recover from whatever they gave us. We need to be ready for what comes next."

I don't know if it was my natural authority from being a nurse, or the fact that I appeared to be the oldest, but after a few more grumbles, they followed my lead. I went to the refrigerator and pulled out several items of food, and Cheri distributed it. Monica passed out drinks. We all settled onto our cots and ate.

The food steadied me, and the water strengthened me. After finishing our meal, we each took a turn freshening up in the bathroom.

"Now what?" Lydia asked.

We'd introduced ourselves, spoken a little about where we were from, and why we'd gone to Mate Match. Most of the women were from New Town, but a few were from outlying areas. The noninfected mostly lived in metropolitan areas. The suburbs had virtually emptied out, and rural areas had been taken over by the infected.

"We wait. Take a nap if you need one. If our captors wanted us dead, we would be. Don't know about you, but as long as death isn't imminent, I can deal with just about anything else," I said.

At my words, several of the women relaxed.

"I want my son," Cara said.

"I know, honey, but right now your son needs you to stay strong for him. We'll get him back," I said.

"How?" Cara demanded. She'd eaten and hydrated while pacing the small room, stopping every few minutes to bang on the door and demand her son. The woman's hand had to be sore. Even now, her nervous energy was counteracting the measure of calm I'd managed to bring to the group.

I inhaled a deep, calming breath. "If Mate Match is behind this, they need our agreement. We can refuse to cooperate until they return him to you."

Several heads nodded as the other women agreed.

My words stopped Cara in her tracks. She glanced at all of us. "You'd do that for me?"

I looked at Cheri, who nodded, and then the rest of the women. Once again, they murmured their agreements.

"I don't know what the hell this is about, but no matter what happens, we stick together. There's strength in numbers," Cheri said.

Cara still appeared worried, but not as fearful. She pressed a shaky hand to her forehead. "Thank you."

"Maybe this is some type of strange courtship ritual," Monica said. "I applied to several matchmaking agencies. Of them all, Mate Match gave out the least information. I expected to be given a website to join to meet potential matches, or you know, to be sent out on dates. The whole "don't call us, we'll call you when we have a match" routine was jarring, to say the least."

"Yeah," Lydia agreed. "And what was that bit about wanting my panties?"

"Weird, right?" Staci asked.

I laid on my cot, letting the conversations wash over me. There was an underlying drowsiness, a feeling of heaviness that told me the drug wasn't out of my system. I must have dozed, because the sound of the door opening woke me.

I turned with the rest to see Jillian step into the room. The door closed behind her, and I heard the snick of the lock engaging. The others swarmed her, but I stayed put. Some asked questions. Others rained curses on her head. I remained quiet, knowing I wouldn't be heard over the cacophony, but I had plenty to say, given the chance.

Jillian retreated so that her back was to the door and held up her hands. "Ladies, ladies. Calm down. I'll be happy to answer all of your questions, but I can't do so as long as you're yelling at me."

Jillian's appearance confirmed my suspicions that our kidnappings were somehow connected to Mate Match. The fear I'd done my best to hide from the rest of the women subsided, and in its place, anger grew.

The women quieted, but the atmosphere remained tense. We were furious and didn't care who knew.

"I know you ladies want to know why you were brought here," Jillian began.

I spoke up. "This has something to do with Mate Match. We figured out that part. What I want to know is why were we drugged and kidnapped?"

"And why we shouldn't sue the hell out of your company, not to mention file charges for kidnapping. What you did is illegal," Monica added. She was obviously of the opinion that one should hit companies where it hurt the most—their bottom line.

"You can try if you like, but you won't succeed. Mate Match has an excellent legal staff, and the laws concerning the infected are very lenient. As for your question, Ms. Montgomery, the life of an infected isn't always easy. The males who selected you as their mate needed to be sure you could handle whatever adversity was thrown your way," Jillian said.

My eyes narrowed. Her reasoning hadn't appeased me in the slightest. "You're saying this was a test."

"Yes," she said with a smile I deemed to be completely out of place, all things considered.

There were murmurs and a few muttered curses from the others. It seems the others hadn't been pacified, either.

"You'll all be happy to know you passed phase one. Now it's time for phase two," she said, beaming proudly.

"I'm not doing anything until you give me my son," Cara said.

I crossed the room to stand next to her. "That goes for me, too."

One by one, the rest of the women joined us in a show of solidarity.

Jillian appeared nonplused. "But your son is perfectly safe. He's being taken care of by our staff and will join you and your mate as soon as this is over."

"It's over now," Cara said, standing her ground. "Count me out. If this is what the infected are like, I want no part of it. We'll manage on our own."

"I don't want to be associated with a man, or a company, that thinks it's okay to take a child away from its mother. Drugging and kidnapping me was bad enough, but this is unacceptable," I said, crossing my arms over my chest. The rest of the women copied my motion.

Jillian's cheerful demeanor faltered, and her expression became strained. "You can't do this. It's a violation of your contract."

"Sue us," Monica said.

Jillian glanced from one stony expression to another. Finally, she sighed. "If that's the way you feel, I'll have someone take you to your son. Please be aware if you leave now, I'll have no choice but to cancel your contract."

I stepped in front of Cara and Cheri joined me. "You're not taking her anywhere. Have him brought here where we can see it. After the events of last night, I'm sure you'll understand why we don't trust you."

Jillian actually wrung her hands together and bit her lip. "I don't know if I can do that. This is beyond my pay level."

The cellphone hooked on the waistband of her pants rang. She lifted it and glanced at the screen, answering quickly when she saw who it was. "Sir?"

I couldn't hear the other side of the conversation, but from the way Cheri had her head tilted, I believed she could.

"Yes, sir. I understand." Jillian disconnected the call and glanced at Cara. "Your son is being brought to you. He should be here within the half-hour."

I glanced suspiciously around the room. We were being monitored. I didn't see a camera—hadn't thought to look—but obviously someone watched and listened, evaluating our responses. It left me feeling less like a potential bride and more like a lab rat. Bastards!

Walking over to my cot, I sat and crossed one leg over the other. "How about you explain just what this is all about while we wait."

One by one, the others sat and turned their attention to Jillian.

Visibly relaxing now that she was on familiar grounds, Jillian spoke. "As I said, phase one was a test to see how you handle adversity. The males to whom you showed the most compatibility are all faction leaders. They had a list of requirements their potential mates need to meet before being considered."

I frowned. "I thought you said they determine compatibility by scent?"

"Scent is only part of it. Personality and strength are also important. Some males want a degree of physical attractiveness in their mates. It varies from male to male," Jillian explained.

"So, one of them could respond to my scent but reject me on the basis of how I look?" Monica asked, the lawyer in her showing.

"Yes."

"Wait! What? I thought once a match was made, the rest was set in stone?" another one said.

Jillian had the nerve to laugh. "Where'd you get an idea like that? This isn't a romance novel. There's no such thing as fated mates. Just like relationships with the noninfected, you both have to work at it."

My eyes narrowed, but it was the only outward sign I allowed of the unabated fury within. I couldn't say I'd been misled. Jillian had provided barely any information on how the matching processed worked. That was on me for not asking more questions and doing more research. I'd based what I knew of matings within the infected community on rumor and conjecture instead of cold hard facts. The situation I now found myself in rested solely on my shoulders. However, if Jillian didn't stop with the condescending attitude, I couldn't guarantee she'd make it out of the room unharmed. "What's phase two?" I snapped, ready to get this over with.

"The Mate Run," Jillian said.

Chapter Four

Pia

Cherise sucked in a sharp breath.

"What, pray tell, is a Mate Run?" Staci asked, brow furrowing in puzzlement.

"She intends to turn us loose and let the men hunt us," Cheri said, her tone bitter.

"What happens if they catch us?" I asked.

"You're fucked, whether you want to be or not," she said.

"Whoa! Hold up." Jillian held up both hands. "I don't know where you're from, but that's not how we operate. The Mate Match Agency doesn't condone rape or coercion."

"So what's the point of this exercise?" I asked, not certain I believed her. All things considered, Mate Match didn't exactly have the best track record at this point in our relationship. A glance at the other women's equally skeptical expressions showed they felt the same.

"No coercion...?" Monica echoed.

"You kidnapped me and took my child. How is that not coercion?" Cara snarled.

Jillian ignored the other two and answered my question. "The hunt gives the female the opportunity to display her cunning, speed, and agility. In cases where there is more than one potential match, it gives the men the opportunity to prove which is the better male."

"How likely are we to have more than one potential match?" I asked, thinking at my age, I was fortunate to have one.

Jillian shrugged. "It depends on the demand at the time of your enrollment, and the number of enrollees. We're entering the winter season, so the demand has been particularly high."

That I could believe. I didn't want to spend another lonely winter in a cold, empty bed. Heating blankets could only do so much.

"Can we refuse?" one woman asked.

Jillian arched one perfectly groomed eyebrow. "You can, but your contract will be voided. You'll lose your service fee."

That gave everyone pause. Mate Match wasn't the most expensive matchmaking agency of its kind, but it was pricey. I didn't know about the others, but I had no intention of handing over my hard-earned money and getting nothing in return.

That's why these types of agencies charged a fee. It guaranteed a level of commitment on the woman's part that free didn't. If Mate Match couldn't find a compatible suitor in their registry, the customer received a full refund. If they found one but things simply didn't work out between the couple, half of the service fee was returned. The latter rarely happened. Mate Match prided itself on the science of their matchmaking services and had the results to prove it.

"What happens after the run?" I asked.

"You'll go with the victor to his home for a two-week courtship period. At the end of the trial period, either party can back out to explore other options. If you choose to remain together, both of you will be obligated to sign a marriage contract outlining the terms of the agreement," Jillian said.

Two weeks? I thought as shock ricocheted through me.

"Two weeks isn't long to make a decision that will impact the rest of our lives," Monica said.

"On the contrary. We have years of research and experience that proves two weeks is long enough to determine compatibility with a mate, especially when you're living in the same home," Jillian said.

"While sharing a bed?" Lydia asked, eyebrows arched.

"Yes." When the muttering began, Jillian held up her hand. "Sex is not a requirement, but neither is it forbidden. If you choose to share your body in addition to the bed, that's up to you. Our purpose is to create a pressure cooker environment of forced togetherness. You'll eat together, sleep together, and basically be tied together at the hips for two weeks."

"Wait," I said, all thoughts of sex forgotten. "What about my job? I can't just disappear for two weeks. I'll be fired."

That caused another round of panicked murmurs.

Jillian shrugged, her hands splayed. "True love costs, Pia. Are you willing to pay the price?"

Bitch! Jillian had better hope I never ran into her one night in a dark alley.

Pushing thoughts of vengeance aside, I asked myself, *Am I willing to risk losing my job on the mere possibility of a love match?* I'd heard of risking it all for love. Who hadn't? It made a great plot device in movies and novels. Now that I was the one being asked to put it all on the line, I wasn't as enamored.

If I backed out, I'd lose the service fee but still have my job and current way of life. Continuing the course was a guaranteed path to unemployment. The kidnapping hadn't allowed me the opportunity to call in an emergency. All of our personal belongings, including our phones, had been taken from us and stored somewhere separately. Being fired for job abandonment greatly reduced my chances for finding future employment, despite nursing being a field in high demand. No one wanted a medical professional with the reputation of being unreliable. The confidentiality and waiver of liability agreements I'd signed suddenly made sense.

None of this was happening the way I'd imagined. I thought I'd be given a list of candidates. We'd communicate for a while before going out on a few dates. If I liked what I saw and heard, we'd take it to the next level. This was like jumping into the pool and discovering you'd accidently landed in the deep end. Was I going to sink or swim?

How bad did I want love in my life? I wasn't getting any younger. If I allowed fear to rob me of this opportunity, chances were there wouldn't be another. I was at an age when words like financial security and retirement eligibility meant a hell of a lot. Was I really willing to risk it all with no guarantee of success?

My heart thudded as the reality of my situation settled on my shoulders. In the back of my mind had been the blasé attitude of I'd give Mate Match a shot and if it didn't work out? Oh well, at least I tried.

If I continued, I couldn't afford to be unconcerned about the outcome. I had to throw everything I had into making this work. Failure couldn't be an option. And, I realized, this was exactly why Mate Match had done it this way. I now had powerful motivation to make the relationship work.

Just then, a knock sounded on the door. Cara stiffened and looked hopefully at the door as Jillian rose to answer it. She stepped outside, holding the door to her back with one hand. We waited to see what would happen. When she re-entered, Jillian held a little tow-headed boy by the hand who appeared to be about four years old.

Cara gave a cry and surged forward to sweep her son into her arms. Laughing and crying at the same time, she pressed kisses all over his face. He squirmed, giggling and laughing, seemingly none the worse for their forced separation.

Jillian watched with a sour expression. "You can't run with a toddler. He'll slow you down."

Clutching her son to her, Cara glared at the woman. "Listen, bitch. Don't tell me what I can't do. I'm doing this for my son. He goes with me, or I go home."

Eyes widening, I suppressed a smile. Now that Cara had her son, the kitten had grown claws.

Before Jillian could respond, her phone rang. "Yes, sir?" She listened, a gamut of expressions crossing her face. "Yes, sir."

Once again, I glanced around, trying to spot the camera. Clearly, the person monitoring us was someone in charge. He certainly had the authority to make Jillian dance to his tune.

Jillian said a few more "Yes, Sirs" and then swiped the screen to disconnect the call. When she spoke again, there was an air of professionalism about her that had been distinctly lacking. Hmm, been called onto the carpet about her attitude, had she?

"Due to the unique circumstances of your situation, one of your matches has expressed a willingness to forego the hunt and proceed directly to the two-week trial. You can leave with your son, which will cancel your contract. You can take your chances and run with him. Due to the hazardous nature of the terrain, I strongly advise against selecting this option. Or, you can accept the offer on the table. Your choice," Jillian said.

Hazardous terrain? Where are we? I wondered, not for the first time.

"My son and I can go together? He's willing to take both of us?" Cara asked.

"Yes." Jillian's sour expression showed she didn't exactly approve of this deviation from the way things were typically handled.

"Then I accept," Cara said.

"We have someone waiting in the hallway to escort you to him," Jillian said, opening the door.

Cara glanced at the rest of us before leaving. "Good luck. I wish there was some way we could keep in touch. I'd like to know how things work out for the rest of you. Thanks so much for helping me get my son back."

We all expressed our best wishes for her success and told her goodbye. Shoulders squared and with her son's hand held in her tight grip, Cara walked out of the door.

"This whole process has taken longer than anticipated. Please go now, if you need to use the restroom. We have to be at the site in the next ten minutes. Your potentials are waiting," Jillian said. Her voice snapped like a grade school teacher calling the classroom to order.

Though I still had many questions, like the others, I scurried to comply.

Chapter Five

Jeb Wyatt

I stood in a clearing with about thirty other males waiting for our potential mates to arrive. Why the hell was I subjecting myself to this again? You'd think I'd learned my lesson. However, loneliness was a bitch and despite my best intentions, I couldn't give up the hope that this time, I'd find the one female who could put up with my surly ass.

My keen hearing caught sound of an approaching vehicle. Since we were basically in the middle of nowhere, I knew it was Mate Match with the women. About damned time. We'd been waiting for hours. Hooking my thumbs in the front pocket of my jeans, I cocked one leg out and rested my weight on the other, striking a relaxed pose. I didn't want the rest of these yahoos knowing how anxious I was.

The fifteen-passenger van pulled to a stop. There was a pause before the driver got out and opened the door. I knew the drill. The women were receiving last minute instructions. The men around me shuffled impatiently when the process took longer than normal. I wanted to go forward, snatch open the door myself, and order the women out of the van.

Finally, a woman in a smart business suit exited the passenger seat and slid open the van. Giving a shark-like grin, the woman chirped in a cheerful voice that was obviously false, "Everyone out. Time to meet your destinies."

Like turtles emerging from their shells, the women hesitantly piled out, one after the other. They were diverse in terms of ethnicity and size, but all appeared in various stages of dishevelment. Even from this distance, a riot of emotions bombarded my nostrils—anger, fear, resentment, and resignation.

Mate Match insisted on snatching women off the street, drugging them, and transporting them to this location. They said it was to test the women's inner core of strength. I vehemently disagreed. It was illegal as hell and didn't make for a great start to a new relationship. It wasn't easy to convince a woman to fall in love with you when she believed you were the reason she'd been kidnapped.

I scanned tonight's offerings as they formed a line. Near the halfway point, I unconsciously straightened as my body snapped to attention. The second to the last woman on the end caught my gaze and wouldn't release it. Her eyes were a deep, dark brown and held a mixture of fear and anger, and an underlying strength of will that said she wouldn't let life's circumstances get the better of her.

She scanned my body as I examined hers. I knew what she saw. Like the others, I wore a black hangman's hood over my face, leaving only my gray eyes visible. As required by Mate Match, I was shirtless, revealing a well-developed chest and bulging biceps. Worn jeans encased my legs, and scuffed boots shod my feet. With the limited lighting, I wasn't sure how clear her view of me was.

I, however, could see every detail of her. She had beautiful brown skin, almond-shaped eyes, and a prominent nose that somehow worked with her high cheekbones and full lips. Size-wise she was petite, much smaller than my six-feet-four and two hundred plus frame. She wasn't skinny, just perfectly proportioned for her height, which I estimated to be around five-six, five-seven.

She had her arm around the woman next to her, speaking encouragingly in her ear. That one looked to be a runner. Each time, a certain number of the candidates backed out once they got a good look at what awaited them—us. We were an intimidating lot. Wanting an infected male was all good in theory until they were confronted with the reality of it. The hoods didn't help.

Mate Match prided themselves on the scientific nature of their match-making skills. We men were only allowed to view the videos of potentials after our noses had determined compatibility. It prevented us from making decisions based purely on physical attractiveness and was the reason they required us to wear coverings over our faces.

"Jillian, we need you. Step over here for a moment, please," the woman I wanted said.

The Mate Match woman turned with a forced smile and asked through clenched teeth, "Can this wait? We're about to start."

"No, it can't. Do I need to remind you that we have the power to shut this show down? Remember what happened earlier," she said, her threat clear.

The other women immediately repositioned themselves around the speaker in an evident show of support.

I arched an eyebrow, amused and intrigued. This isn't the way the process normally went. Can't say I objected to the change. I liked their fire and determination. A glance around me showed the majority of the others felt the same.

Jillian stamped her foot in frustration, muttering under her breath, "Interfering bitches. I'll be glad when tonight is over." I doubt the women heard more than an indistinct mumble, but from the look on the leader's face, she had an inkling of what was said.

Once again, Jillian pasted a fake, bright smile on her face and walked to stand in front of the group. "How can I help you, ladies?"

The leader hugged the younger woman a little closer as she spoke. "Tamara, here, is having second thoughts—"

"Well, it's too late to back out now," Jillian snapped. "I gave all of you the opportunity to change your mind before we left the compound. You declined. It's time to move forward."

"If I might be allowed to finish?" the leader said, her eyes narrowed and locked onto Jillian. The cold stare had Jillian retreating a step.

Jillian composed herself and waved a hand, indicating for the other woman to continue.

"As I was saying, Tamara is having second thoughts, but I believe it's because of the hoods. They're too intimidating, like something out of a horror movie. If we can see what lies beneath, I believe she'll be fine. Won't you, honey?"

The younger woman nodded.

Jillian sputtered. "The men can't take the hoods off. That's not the way things are done."

"Oh, really?" the woman on the other side of the leader questioned. She was tall and lean, and if his nose wasn't mistaken, one of the infected. What was an infected woman doing here, mixed in with the others? "Hey you men! If you want us, take off those hoods or this ends now," she called out to us.

Ignoring the others, I reached up and immediately snatched off the hated hood. The damned things were hot as hell and itched. I also didn't like the way it obstructed my vision. Around me, several others followed suit until we all stood with our faces exposed.

"Thank you," their leader said to us with a nod. "See, Tamara, I told you it would be all right. They're just men, not hideously deformed monsters."

Jillian threw up her hands and stalked away. "I can't believe this. Let's get this over with before you change anything else. I'll be lucky to have a job when this night is over."

"You're welcome," the infected woman called out, a smirk on her face.

"Danny, start the run," Jillian ordered.

He glanced at her, eyes wide. "Aren't you going to give them instructions? Tell them the rules?"

She stormed past him and opened the passenger door of the van. "Do what you want. All I want is for this night to be over with." Jillian punctuated her words with a slam of the door.

The Danny guy was young, barely twenty kind of young, and obviously new at this job. I'd never seen him here before. He glanced around nervously, cleared his throat, and took a hesitant step forward. "You women will run that way." He pointed to the woods behind where we stood. "You'll be given a five-minute lead before the men give chase. There's a creek about two miles from here. If you make it to the other side without being claimed, you're safe."

"Safe? What does that mean?" one of the women asked, like the information was new.

Danny tugged the collar of his shirt away from his neck. "It, uh, means you're in control. Instead of being chosen, you can do the choosing. Or you can back out completely with no penalty."

"No penalty?" another woman asked, gazing at Danny like a shark that's just spotted chum. "That means we get our money back? A full refund?"

Retreating a nervous step, Danny glanced at the van for assistance. Jillian had pointedly turned her back to the window. No help from that quarter. "Uh, yes?"

There was excited muttering from the group.

Their leader held up a hand, and the conversation immediately halted. "Just out of curiosity, how many women have made it to the other side of that creek?" she asked, her gaze drilling into mine.

"To my knowledge? None," Danny said.

Chapter Six

Jeb

I gave her a predator's grin, full of teeth and hunger. That's right, sweetheart. Get any thoughts of escape out of your mind. You're leaving here with me tonight.

As though she'd heard me, she swallowed hard and averted her gaze.

I'd never been so attracted to a woman. Tonight was my fifth—or was it sixth?—attempt at finding a match. This time I'd broken all of Mate Match's rules. I hadn't sniffed the underwear. Hadn't watched any of the videos. I knew nothing about the candidates other than they were female and interested. It was clear, based on past experience, the Mate Match process simply didn't work for me. So, I prayed for luck and happenstance to be my guide.

So far, so good.

There were fourteen women total—there should have been fifteen—but I couldn't take my eyes off her. From the way she fidgeted, she felt the weight of my stare. Could it be that the attraction was mutual?

Danny told the women to line up and placed the whistle to his lips. "On your mark, get ready, go!" He blew the whistle.

Though we outnumbered the women, a little over two to one, they ran straight at us. They had to get past us to enter the woods. I and the guys nearest to me made a hole, and several women ran through it, including the one I had my eyes on. As she passed within a hairsbreadth of our bodies, her scent hit my nostrils and my eyes rolled up into my head with the ecstasy of it.

Moving at a flat-out run, the women quickly disappeared. The well-trod walking path extended about one hundred feet into the woods before branching off into five separate trails. What the women didn't know was that three hundred feet in, all but one of the paths dead ended into small campsites. The head start they'd been given would quickly be forfeited as they fought their way through the thick underbrush and rough, uphill terrain.

I stood gazing at the spot where she'd disappeared, my heart thumping. Anticipation for the chase brought out the beastly side of my nature. My senses enhanced to their fullest extent. Around me, others shifted impatiently, waiting for the five minutes to be over. Several would leave without a woman tonight. I determined I wouldn't be one of them.

"I want the woman in the nurse's uniform," one of the men near me said.

"She's off limits," I said.

"Says who?" the man challenged. "She's here. She ran. That means she's eligible to be claimed. Besides, we're a match."

I stared at my competition and the heat of my gaze should have incinerated him where he stood. Inside of me, the feral side of my nature rose to the surface. The thing about the infected is that we wore our civility like a cloak. One whose loose folds barely covered the primal, feral beings we'd become. To be infected meant to embrace your inner animal.

He puffed up, ready to fight it out, here and now. I was more than ready to meet his challenge. I took a step forward and we squared off. Some of the others came closer, forming a loose circle. Then the whistle blew, and the need to battle for dominance disappeared as the unction to hunt became our primary focus. All thoughts ceased. As one, we turned and stalked into the woods after our prizes.

Despite being a large group, we moved quietly down the main path, which was barely wide enough to walk two abreast. There was no stumbling or fumbling as the women had done due to the near total darkness. Barely a footfall could be heard. However, the animals sensed our presence and the forest, which had resumed its normal night sounds after the women's noisy passage, once again fell silent. We stopped as a unit when we reached the crossroads where the women had separated. The others circled around like hounds to the hunt, searching out their prey.

A thousand scents crowded the night air, yet like a bloodhound, my nose locked onto only one. I tracked her as though she had a homing beacon in her shoes, and I held the receiver. She'd run in a herd with the others, but at the split she and another had taken one of the paths to the left. My would-be rival flashed me a triumphant grin and took off down the trail after her.

I knew something he didn't. Further down the line, the paths intersected at various junctures. I took the center path and put on a burst of speed. The trail I traversed was shorter, more direct, and currently empty. The women tended to avoid it because it appeared too obvious. However, it was the only one that gave them a straight, unimpeded shot to the other side of the creek. Finally, being a frequent participant of the Mate Run had given me an advantage.

As I ran, I caught the faint scent of the infected female. Unlike the others, she'd stayed the course and had a good chance of making it across the creek before any pursuer caught her. Sensing someone on my tail, I glanced over my shoulder and saw one of the others behind me.

I knew this guy. Like me, he was an original. We were the archetype from which all the infected had been made. The other contender for my woman presented no problem. However, if Noah and I were after the same woman, there would be issues, and the consequences could be deadly. I stopped and waited for him to reach me.

"Noah." I greeted him with a nod. "I didn't realize you were here tonight."

He grinned. "No surprise given how many of us there are. I saw Cyrus and Thad earlier, but Thad took off and left after receiving a phone call."

My brows rose. What were the odds that the four of us would be in tonight's gathering? Unfortunately, I didn't have time to stand here chatting. So, I cut to the chase. "Which one are you after?"

"No worries, my friend. I saw the honey that caught your attention. She's safe from me. I have my eyes on a different prize," Noah said.

"The infected woman," I guessed.

Noah gave an abrupt nod. "There's a story there. I aim to find out why one of our kind needs the help of a matchmaking agency to find a mate. A woman like her should have men fighting for the privilege. You know mysteries bother me. Now if you'll excuse me, I can't let my prey get away."

"Good hunting," I said as he jogged off.

His voice drifted back out of the darkness. "Same to you."

Tonight was a good night to hunt. A quarter moon hung in the sky. It's light barely reached the forest floor where wisps of fog hovered a few feet off the ground. To the right, a flock of bats took flight. Their high-pitched squeaks couldn't be heard by the noninfected, but I heard them just fine. To the north, a herd of hogs routed around. A bobcat screamed. Snakes slithered, and women cursed and made so much noise a blind man could have followed their trail.

I reached the point where the two trails ran parallel. Cutting across through the trees, I came out on the path on which my prey ran. The two women were about fifty yards ahead. I could hear them talking.

"Come on. You can do it," my woman said to her companion.

"It's dark. I'm scared and tired. There's a stitch in my side. You go on without me," the other one said, breathing heavily.

"No way. There's safety in numbers, remember? I'm not leaving you behind," the other one said. Her breathing wasn't any better.

A woman's scream cut through the night.

"Shit! I hate this. You're right. We have to keep moving. Don't know what the hell I was thinking to sign up for this madness," the second one said.

Their footsteps picked up as they began moving in a fast walk. "You were thinking like I was, that you're tired of being alone. I don't regret seeking help in the romance department, but I should have done more research before choosing Mate Match. Their results may be proven, but their method is crazy."

"Amen to that," the other woman said. "You think there are dangerous animals out here?"

"I don't know. Maybe. Probably. Even if there are, they say the animals are more afraid of us than we are of them."

My choice was intelligent as well as brave. Good to know.

"Shit! The trail ended. What do we do now, Pia?" the other woman asked.

Now, I knew her name. "Pia," I softly repeated, knowing I was far enough away that the women couldn't hear me. Her name fit.

"Keep pushing forward and hope we're going in the right direction. This may be the reason Danny said no one has ever made it. Don't know about you, but my wilderness skills suck," Pia said.

"Mine, too. I'm a city girl, through and through," the woman said.

"You go first. I'll take the rear," Pia said.

"So if we startle a moose, I can get trampled while you get away?" the woman asked, her voice wry.

"Of course," Pia said. I could hear the smile in her voice.

I closed the distance between us, aware of my opponent breathing down my neck. Not that he stood a chance in a battle between the two of us if it came down to a fight, but I figured Pia had been traumatized enough by this experience. That realization gave me an idea.

"With my luck, I'll stumble into a patch of poison ivy. Wouldn't that be a lovely way to start a new relationship—itching and scratching?" the other woman said. I didn't know her name, but she had a good sense of humor. Despite her fear, she'd kept a level head. She'd be a good match for one of the two men on her trail.

I eased up so close behind Pia I could smell the sweat on her body.

"Do you think we should split up?" the woman asked.

"I don't think it matters. Didn't Jillian say they can track us by scent? Whoever is behind us is after us specifically," Pia said.

"Shit," the other woman said again.

"There they are up ahead," a man shouted.

"Run!" Pia shouted at the other woman, giving her a shove.

The woman took off, all thoughts of being tired and sore apparently forgotten. Before Pia could run after her, I slapped a hand over her mouth and nose. Catching her by the waist, I lifted her off her feet and carried her in a different direction. She struggled and fought, wriggling like a fish on a hook. I squeezed, knowing the tight hold would make breathing difficult.

In her ear, I spoke quickly. "Shh! We don't have much time. Quit struggling, and I'll release you. There are more of my kind right behind me. I guarantee you don't want to go home with any of them."

Chapter Seven

PIA

A large, calloused hand clamped over my mouth as I was lifted off my feet. Adrenalin flooded my system and flight or fight kicked in. I screamed like a banshee and fought like a wildcat.

This moment was every cheesy horror movie I'd ever seen combined. Images flashed through my mind, each more horrific than the first. Rape. Torture. Death and mutilation. I fought with everything within me.

I couldn't breathe. Dots swam before my eyes. I tried clawing the arm constricting my stomach but couldn't reach. My attempts to bite also failed. I fought harder, the possibility of death now a certainty.

"Shh. Take it easy! Settle down. I'm not going to hurt you." The words, spoken in a deep baritone, finally penetrated the haze of terror and made sense. Or perhaps it was the lack of oxygen making me dizzy that allowed me to hear anything over the pounding of my heart.

With that trickle of comprehension came a flood of reasoning. Pia, get ahold of yourself. You expected to be captured. It's part of the process.

The man was still speaking. "That's right. Relax. I don't have much time. The others are almost upon us."

The minute I ceased struggling, he released me, to my eternal gratitude. I couldn't run. He had me cornered against the trunk of a huge oak tree.

"Listen carefully. My name is Jebediah Wyatt. There's a man closing in fast who thinks you belong to him. I say differently." Jebediah spoke clearly and confidently with his mouth next to my ear. His hard body pressed against my back. "Up until now, you haven't had many options. Leave with me and I'll take you home. You can pack a bag, call your job, and prepare for the two weeks you'll spend with me. You have a choice but make it quick."

He stepped away, leaving my head spinning. Had he just said he'd take me home?

Crashing through the underbrush announced his presence right before a man burst into view. I turned to face this new threat.

"How the hell did you beat me to her?" the new guy demanded. "I left you back on the trail." He was tall and burly. I couldn't see much more than his size and shape in the darkness.

"Pia?" Jeb questioned.

Right. I had a decision to make. I could let them fight it out and leave with the winner. Or, I could take a chance that guy number one wasn't a big fat liar, saying whatever it took to get me to leave with him. Decisions, decisions.

"I told you she was mine. If you want her, you're going to have to take her from me. I'm not going down without a fight," guy number two snarled.

I could feel the aggression in the air as the two men squared off. Both appeared to be of similar height, but the second man outweighed Jeb by about fifty pounds.

"Okay. It's your funeral," Jeb said without a hint of humor. Somehow, I thought Jeb meant it literally. He might be smaller, but I had the impression that of the two, he was deadlier.

They took steps toward each other. I snapped out of the paralysis keeping me mute. "Wait!"

Both men turned to me, their bodies almost vibrating with the need for violence.

"I choose you, Jeb," I said, in my firm, no nonsense professional voice. "He caught me. Those are the rules." Why I felt the need to explain my decision, I had no clue.

"Fuck the rules," guy number two said. "We're a match. You should be with me."

"Life is full of disappointment," Jeb said.

The other man snarled. Literally snarled, like some wild animal. Stupidly, I placed myself in front of Jeb. No blood would be shed on my account tonight. "Stop it!"

Jeb caught me by the waist and attempted to tug me out of harm's way. I resisted.

"I'm not a bone to be fought over. I said I was going with Jeb. You try to force me to go with you and I'll...I'll..." Damn it. I couldn't think of a threat dire enough. At heart, I wasn't a violent person.

Jeb stepped forward and stood so close my butt pressed against his muscled thighs. "There's not going to be a fight. You have to be willing. If Mate Match suspects you were forced, charges will be pressed, and he'll be dropped from their roster. If that happens, no other matchmaking agency will take him as a client."

Tempted as I was to lean into his strength, I kept my spine straight and my feet ready to move. Guy number two looked ready to launch himself at Jeb, and I had the feeling that my standing here wasn't a deterrent. I needed to be able to jump quickly out of the way if necessary.

The guy's head lowered and from the weight of his gaze, I could tell he'd directed his glare to me. I shifted even closer to Jebediah. What I wanted to do was duck behind him for protection, but I'd never let a man—or woman, for that matter—intimidate me in my life. Tonight wouldn't be the night I started.

We stood in a frozen tableau. For how long, I couldn't say. It felt like years. Finally, the other guy turned and walked away. I stared, unable to believe this had ended without further drama. When he was out of sight, I cleared my throat. "That's it?"

"Yeah." Jeb turned me around. When I faced him, he caught me by the neck with one hand and gently lifted my chin. I should have been nervous that the man held me in what could easily become a chokehold, but I was distracted by the possessiveness I felt radiating from him. This wasn't a threat but a claiming. "Ready to go?"

I swallowed nervously, an action I knew he felt. "Yes."

"I promise you won't regret it. Let's go." Jeb took my hand and led me away from the direction we'd come.

"Where are we going? Isn't the clearing back the other way?" I asked, struggling to keep pace. The crocs I wore were perfect for walking hospital floors. Uneven terrain in the woods? Not so much.

"To my vehicle. I'd rather not run into the Mate Match folks. What we're doing is a violation of the rules, and I don't intend to get caught."

Thinking of the money I stood to lose should I somehow disqualify myself as a potential mate, I shut my mouth and did my best to keep up.

What felt like hours later, we entered a small parking lot which held a variety of vehicles. No one was around. Jeb withdrew a set of keys from his front pocket and led me over to an antique looking pickup truck. "This is mine. Prospects are told to leave their vehicles here. If we're successful with our hunt, Mate Match transports us to one of the cabins they designate. They claim it's private, but there are security cameras and monitoring systems hidden inside."

"If it's hidden, how do you know they're there?" I asked as I climbed inside the cab of the truck.

"I heard them. You can't hide electronics from the infected. Put your seatbelt on."

"Stupid question, Pia," I muttered to myself as he closed the door.

The engine started with a muffled roar. I blinked in surprise. "This is a fossil fuel engine."

"Yes, it is."

I took a closer look at the interior. While the seats molded to my body and was covered in the synthetic material used in today's vehicles, the dash held none of the computronics with which I was familiar. "How old is this vehicle?"

"Last century."

"Isn't it expensive to maintain? How do you find parts and fuel?" I asked, seriously bemused.

"Not for me. I'm a mechanical engineer. Sort of a jack of all trades, like MacGyver," he said.

"Who?"

"MacGyver. You know, the guy in the old television show who can fix or make just about anything with the right materials."

"Never heard of it. I don't get the opportunity to watch much tv," I said.

Chapter Eight

Pia

We turned onto the road. There weren't any lights this far outside of the city. The road was long and winding, and thick with trees on both sides. Through the cracked window I could smell the salt of the nearby ocean. The chill in the air caused me to shiver.

"Cold?" Jeb asked.

"A little," I admitted. The light sweater I wore wasn't enough to keep me warm in the dropping temperatures.

He reached behind the seat and pulled out a heavy jacket. "Put this on."

I drew it up to my neck like a blanket. The neck of the jacket sat just beneath my nose. I took a discreet sniff. It smelled like the scent I was coming to associate with Jeb—clean and outdoorsy.

"It's clean," he grumbled.

I glanced at his outline. Of course, he'd heard me. "I know it's clean. I was admiring the scent."

I saw him glance in my direction. "Yeah?"

"Yes."

He nodded. "That's a good sign."

We rode in silence. Before too long, I was stifling a yawn. I didn't know if it was the drugs or the run through the woods, but all my body wanted to do was sleep for a week. However, my brain wasn't quite willing to relax my guard. He said he'd take me home, but what if it had been a ruse to get me to come with him willingly? To keep myself awake and alert, I asked, "Why did you choose me?"

"You were the oldest."

"That's it?" I asked, unable to hide my disappointment.

Another weighty stare before he turned his attention back to the road. "I'm looking for a partner, an equal. Not a woman young enough to be my daughter who is scared of her own shadow. Been there, done that," he muttered.

Been there and done what? I wondered.

He cleared his throat. "I should probably tell you. You're my fifth, or maybe it's my sixth, attempt this year at finding a mate."

After a long pause during which I contemplated the information he'd just shared, I asked, "What happened to the others? Were you unsuccessful in catching one?"

Jeb gave a snort full of disdain. "I always catch what I hunt. I caught 'em, but it didn't work out."

"None of them?" I asked, incredulous.

"Yes. You'll figure it out for yourself soon enough, but I'm not an easy man to get along with. I live in the middle of nowhere and won't allow electronics on my property. In addition, I make an antisocial person appear friendly."

I snuggled deeper into the seat, pulling his jacket closer. "If that's the case, why are you looking for a mate?" I asked around another yawn.

"Winter's coming. Even a man like me wants company when snow and ice cover the ground."

"Can't argue with that," I said. Hadn't the coming season been the reason I'd finally pushed past my reservations and sought out Mate Match?

"Why'd you join a matchmaking service?" he asked.

I twisted more in his direction, drawing one knee up to allow my back to rest against the door and my face against the seat. "Didn't you read my profile?"

"No. I learned the hard way those profiles tell me diddly-squat."

"What about scent? Jillian said the infected determine compatibility on the basis of scent." My words grew slower and it was a struggle to keep my eyes open.

"Scent speaks of sexual chemistry. It doesn't tell me how we'll get along when we're not fucking," he said.

The blunt words caused me to blink. "Oh, I see. I'm forty-three, never married, and just hit my twenty at work. I can retire at any time but currently have no reason to do so."

"Family?"

Again, for safety reasons I hesitated but the information was right there in my profile for him to read, if he ever got around to it. "Deceased. The first wave of the pandemic took the majority of them out. The riots eliminated the rest. I grew up in foster care."

"That's tough." The words were sympathetic, but the tone said shit happens.

"Yeah. Having no one to depend on taught me to be self-reliant. Because I wanted to go into the medical field, the state paid for my education. I graduated early and with honors, was hired right after graduation, and have been working ever since."

"What do you do?" he asked, sounding interested.

"I'm a trauma nurse." If a little bit of pride slipped into her tone, Pia figured it was deserved. She'd worked hard and came a long way.

"State hospital or private run?" he asked.

"State. The pay is lower, but the benefits are better." After the virus hit, there was a shortage of trained noninfected medical personnel. In addition to my salary and free medical benefits, I received a housing and transportation allowance and a generous retirement if I managed to last twenty years. Mercy General had financed all of my advanced training, with the proviso that I used what I learned to their benefit.

"Where are we?" I asked.

"Wolf's Neck Woods, about thirty minutes outside of New Town."

So I hadn't been transported far. "Where do you live?"

"About an hour away in the wastelands."

The wastelands were areas that had been deserted. Whole towns had lost their populations after the pandemic. Towns that managed to survive were divided. Before the pandemic hit, race and economic status were everything. After the dust settled, only two classes remained—infected and noninfected. Nothing else mattered.

I managed to stay awake long enough to direct Jeb to my apartment. He glanced around as we drove, but I didn't sense curiosity. It felt more like a threat assessment. My speculation was proven to be accurate when we parked in front of my building. He pulled a gun from the glove compartment and tucked it into the waistband of his jeans at the small of his back.

"Is that a gun? You know, the kind that shoots bullets?" I asked.

"Is there any other kind?" he asked, one eyebrow raised.

"Those are banned inside of the city." Stunners were the weapon of choice these days. They didn't carry the risk of a bullet tearing through one person and having the blood coated bullet infect the unfortunate person standing behind them.

"I don't live in the city, and I'm former military." With those words, he climbed out of the truck and slammed the door closed.

I guess he told me. I exited the vehicle and joined him on the sidewalk. Together, we walked inside. It felt like I'd been away for months, but a glance at the wall calendar hanging on the kitchen wall said it had been less than twenty-four hours. That reminded me...

"I need my purse and identification. When I came to, it wasn't beside me," I said.

"They'll return it after the two weeks are up." Jebediah stood in the middle of my small apartment looking around. If the buzzing of all of the electronics made him uncomfortable, it didn't show on his face.

It only took a few minutes to send an email communication to the hospital explaining about an emergency trip out of town and my lack of a cell phone. Another few minutes to throw two weeks' worth of clothes in a suitcase and grab all of my essentials. Remembering Jeb's comment about no electronics, I reluctantly left my tablet on the bedside table. I cleaned out the fridge and had Jeb take out the trash.

One last look around to make sure I hadn't forgotten anything, and I was ready to go.

Chapter Nine

Pia

A hard nudge on my shoulder had me jerking upright, blinking owlishly.

"We're here. Get out. I'll get your stuff. You have drool on your face. Might want to do something about it." Jeb slid out and closed the door behind him.

I stared after him with a scowl, wiping the drying saliva on my cheek and mouth with the heel of my hand. Mr. Congeniality he wasn't, but I'd worked with worse. Some of the doctors at Mercy General would have given a more sensitive woman nightmares.

I opened the door and climbed out of the truck. My body had that heavy drugged feeling that said I'd just hit deep sleep when I'd been rudely awakened. With my eyes closed and arms over my head, I gave a full body stretch, willing strength back into my muscles. It occurred to me as I did that what I was feeling might not be the result of the drug I'd been given but the accumulation of all things totaled—weeks of working nonstop with barely a day off, being drugged, running through the woods, and the stress of recent events. Straightening, I rolled my neck as I closed the truck door.

Before me sat a log cabin that must have been built in the last century. The logs were painted dark brown, and there were patches of bare wood where Jeb must have made repairs. The trim around the windows was forest green. The tin roof varied in color from new aluminum gray to dark, rusted red. A porch ran the length of the front. The wood planks leaned slightly to one side, giving the place a decrepit look. Various tools were scattered about. The front yard was a mass of pine needles with a few hardy blades of grass poking through. I could smell water and knew there must be a lake or river nearby.

I followed Jeb up the steps onto the porch and into the house where he'd disappeared. The cabin opened up into a large room that held the kitchen, dining area, and living room combined. Most of the furniture was made of wood. In the center sat a large wood stove for heat. Though I hadn't noticed any power lines leading to the house (a fact I just now realized), he had a small refrigerator.

"The bedroom's back here. Mine is the only one furnished. The bed's big enough for two, or you can take the couch. I wouldn't recommend it, but it's your back. If it's your virtue you're concerned about, don't. I don't go where I haven't been invited," he called out from somewhere in the back.

I walked down the one hallway, past a small bathroom, to find the master bedroom on the left. It had a huge bed in the center, a small, straight-back wooden chair with a pair of well-worn work boots sitting on them, and a single chest of drawers. Instead of a closet, one wall was lined with hooks on which hung several jackets and shirts. The two windows and windowed door leading to the outside let in plenty of light. He'd placed my suitcase on the floor near the dresser.

I got my first good look at Jeb. He was tall, much taller than I was, and lean. I knew he was strong from the way he'd held me last night, but today all of those muscles were on display. He wore a gray, V-neck t-shirt that skimmed his body and a pair of dark jeans with a rip in one knee. His complexion was a dark gold, which set off his short dark brown hair and full beard and mustache to perfection. Though I didn't particularly care for beards on men, his was neatly groomed and clean. Based on his comment in the truck, Jeb had a thing about hygiene.

"That's your side." He pointed to the side of the bed furthest from the hallway door. "Come and I'll give you a tour."

I followed him back into the hallway.

He pointed. "Bathroom. It's not very large and only has a shower, but it's functional."

I glanced in and noted a bathroom lined with wood paneling. The single window allowed plenty of light. The top was off the commode. There was no rug in front of the shower. The small shelf above the single sink held a variety of grooming products. Above the vanity was a small mirror. In place of a towel rack, his towel hung from a hook.

He moved forward to the next room and swung open the door. "This is the second bedroom. As you can see, I've turned it into a workroom."

Looking at the clutter inside, mentally I questioned, workroom? More like junk room. It was neat and there wasn't a speck of dust anywhere, but it was a conglomeration of parts, broken furniture, and appliances.

"Up there is the attic," he said, pointing to a trap door. "It's not finished. I'm in the process of replacing the wood and insulating the walls so it will retain heat. With the windows on both ends, it gets plenty of natural light, but it smolders in the summer and freezes in the winter."

He led me to another door that I thought hid a closet. Jeb opened it to reveal a large whole in the floor with wooden ladder stairs leading down. "Step carefully. There are no rails."

I followed him down, minding my steps. He stood close, ready to catch me if I fell, and moved to the side once I reached the concrete floor.

"This is the basement. Technically, it's a combination basement and garage. The garage door over there allows me to park the truck inside whenever the weather is bad."

I glanced around. The walls were made of stone, and the ceiling was comprised of log beams as support for the wood planks that made the first level's floor. In one corner along the far wall was a huge pile of neatly stacked wood for the woodstove. I was happy to see the water heaters, though without electricity, I didn't know how they were powered.

"What do you use for electricity? I didn't see any electrical wires," I said.

"I have solar panels in the backyard and a gasoline generator on the side of the house. There's a propane tank outside of the kitchen that fuels the stove. A well supplies water, and I have a septic tank for the sewage."

Simple, rustic, and very last century.

"Do you mind my asking what you do with all of this furniture and appliances?" I asked, motioning to the items that crowded the floor space. Unlike the ones upstairs, these were obviously broken.

"I'm a businessman. I find pieces that were abandoned, take them, repair them and sell them."

Jeb was a scavenger. I looked around with new eyes. "Is there a lot of money in it?"

He bristled. "Afraid I can't support you?"

I shot him a glare. "I support myself just fine. I've never needed a man to take care of me and don't intend to start now. It's called conversation. As in, two strangers getting to know each other."

I was beginning to get Jeb's measure. He was blunt, opinionated, and outspoken. His mouth obviously didn't have a filter. When dealing with people like him, you had to establish boundaries upfront or they'd steamroll right over you.

Mollified, the tension left his body. "Fairly lucrative. The infected have the right to prosper and thrive like everyone else. Just because we have difficulty functioning with modern technology doesn't mean we have to return to a primitive state of living."

"I agree," I said, as I continued glancing around.

Jeb hooked a thumb in the front pocket of his jeans and rested his weight on one leg. "You do?"

Frowning deeply, I returned my gaze to him and sighed deeply. "Yes. I have no prejudice against the infected. I don't think of you as animals who need to be turned loose into the woods or put down like rabid beasts. If I did, I would have never sought out one to be my mate. If you ask me, you guys are the next level in human evolution. The rest of us are trying to catch up."

Before he could respond, my stomach let out a low growl.

Jeb glanced at his watch, an old-fashioned Timex that ran off battery power. Not one of the smart computer ones that linked to the internet and was powered by solar energy. "It's past breakfast, well into lunch. I assume you can cook?"

"Because I'm a woman?"

"No, because I like to eat and I don't want to be stuck doing all of the cooking," he said, turning and walking up the stairs.

I followed behind him. "Yes, I can cook. The gas stove will be an adjustment, but I'm sure I can figure it out."

"Good. I'll feed you today but tomorrow you're on your own," Jeb said.

After we finished eating a simple meal of scrambled eggs, sausage, and toast, I asked, "Do you mind if I take a shower and lay down? I've been working fourteen-hour days for the last month."

"Mi casa es su casa," he said carelessly. "I have work I need to complete. Get some rest and I'll wake you when it's time for dinner."

"Thank you," I said and rose from the table before I face-planted onto it.

Chapter Ten

Jeb

She left the kitchen, and I heard her rooting around in the bedroom. Probably lifting her suitcase onto the bed. Something I would have offered to do except I didn't trust myself near her, especially not in close proximity to a bed. Pia had no idea how close I'd come to taking her earlier as she'd stood there looking sexy and sleep rumpled.

Her presence in my home both riled and eased the beast. Having her here in my domain soothed the part of my nature that wanted someone of my own to claim. But her scent... God, her scent called to me on a primitive level. I'd told her that scent was a marker of sexual compatibility, but it was so much more.

Unfortunately, Pia wasn't one of the infected and didn't have my animal instincts. She had to deal with human reasoning. I had to wait until she convinced herself that it was okay to let me have her, and something told me she wouldn't do that unless she decided to stay.

The shower turned on and moist air saturated with the smell of wet female drifted to me. Swallowing hard, I put down the dish I'd been washing and headed outside. Fall was in the air and winter wouldn't be far behind. I had a feeling it would come early this year, bringing plenty of snow. I had to be prepared, especially if I had a woman depending on me to keep her warm and fed.

Grabbing the shotgun, I headed out the front door and collected the axe propped near the door as I walked by. The sight of the water barrels in the yard reminded me to check the rainwater tank on the south side of the house. I needed to clean the screen of debris and check the water level and valves.

My list of things to prepare for the coming cold was long, but my priority was heat. Before the first snow fall, I wanted to have at least three cords of wood cut and stored. In addition to the pile in the basement for when the blizzard winds blew, I needed two more stacks piled four feet high and eight feet long. I'd place wood on the porch, on the deck outside the bedroom, and near the garage opening, covered in a tarp to keep the damp off.

First, I tended to the animals. I cleaned out the rabbit hutches and chicken coop and fed the animals. I put the animal waste on the compost pile to add to the garden later. A glance at the beehives reminded me it would soon be time to gather honey. Next, I checked on the small herd of goats I kept for meat, milk, and cheese. Buster and Bear, my livestock dogs, came running up to greet me.

"Hey, Bear. You keeping everyone safe?" I patted his back as he rubbed up against my leg, seeking attention. They both circled around me before trotting back over to the herd.

The dogs were my early warning system when it came to predators seeking an easy meal. Most times, their barks were enough to scare small predators off. I kept the shotgun handy for larger predators.

Chores completed, I turned my attention to the never-ending job of chopping and hauling wood. Three hours later, the basement was full, and I'd started lining wood along the driveway. Not only would it be close to the house, but the wood would serve as a windbreak during the coming winter. It was laborious work, but it kept my upper body good and strong. Better than any gym could.

It was mid-afternoon when I called it quits. The list of tasks that needed to be completed just to live on the homestead could be overwhelming. It would be nice to have help. That is, if the lack of amenities didn't scare Pia off. I'd learned, to my dismay, city dwellers didn't do rustic.

I scraped my boots clean before entering the house, using the broom to get any loose dirt. Mopping the floor wasn't on my to-do list today. A glance around showed no Pia. Was she still asleep?

Pausing in the bedroom door, I took in the sight of her stretched out in my bed. She laid on her back with one hand tossed over her head.

The other rested down by her side. The covers were around her waist. The full globes of her breasts were puckered and on display beneath a thin t-shirt.

I inhaled deeply. The underlying medicinal scent had dissipated. All that remained was sweet female with an overlay of something floral. The dark circles under her eyes were still a concern, as was the slightly gaunt appearance of her face. Pia slept the deep sleep of the truly exhausted. If things didn't work out between us—though I'd do my damnedest to make sure it did—the least I could do was make sure she got plenty of rest over the next two weeks.

Collecting a clean pair of jeans and a long-sleeved tee from the dresser, I went into the bathroom to shower off the sweat and grime. Homesteading was dirty work, but it satisfied my need to be self-sufficient and not have the government watching my every move.

Though I wanted to stand under the shower until the hot water tank emptied, I still had more work to do. Once I was dressed, I returned to the rabbit hutch for tonight's dinner. Harry was big and fat and getting up in age. I snagged him from his hutch and chatted with him while I took him to the prep area. Before long, I had a pot of rabbit stew slow cooking on top of the woodstove.

Finally, I had time to sit. Though I could go all day and night if the situation demanded it of me, it still took a toll on my body. After working from sunup to sundown yesterday and being up all night, my body craved rest. I added more wood to the rocket mass heater that had been a real find. It was a wood stove that used less wood and kept the house warm a lot longer than traditional wood stoves. Then I kicked off my boots, settled in the recliner, and put my feet up. Everything else could wait.

Chapter Eleven

Pia

My awareness grew gradually. The bed upon which I lay was harder than the one in my apartment. Later, that might be an issue but as tired as I'd been, it could have been a slab of concrete and I doubted I would have noticed. A wall of heat pressed against my back, and a soft snore rumbled in my ear. Apparently, Jeb had meant it when he'd said we'd share the bed.

What time was it? How long had I been asleep?

I opened my eyes, blinked, and then rubbed one to make sure they were open. It was dark. Pitch black. There was no ambient light from streetlights or nearby homes shining through the window. No clock with illuminated numbers. No glowing red dot of the security cameras and miniature monitors common in every home. I waved a hand in front of my face and just barely caught the movement.

And the silence. Other than Jeb's snores, there was no traffic. No people talking or sounds of laughter and music. Not a bird or an animal could be heard. I could hear myself breathing. It was unnerving.

My bladder pulsed low in my belly letting me know my situation was critical. Move now or suffer the consequences. I elbowed Jeb.

His body stiffened as he came instantly awake. "What! What's the problem?"

"Lights. I need to use the bathroom."

"Oh," he said around a yawn as he moved.

There was a click and then a soft glow filled the room. "Is this enough or do you need me to turn on the lights in the hallway and bathroom, too?" he asked.

I rolled to my feet and maneuvered my way around the bed. "Is the switch on the wall?"

"Yes, just inside the door."

"I should be able to find it." Squirming a bit with a need that became more urgent by the second, I fast walked with my thighs pressed together. Fortunately, I found the switch on the first try. I swung the door, not caring if it closed, and made it to the toilet just in the nick of time.

As I washed my hands and face, another need made itself known.

I exited the bathroom to find Jeb in the living room, stoking the fire. He looked up and asked, "Hungry?"

I pressed a hand to my rumbling stomach. "Starved."

"Figured you might be. It's almost morning. You've been asleep for over twelve hours. I left rabbit stew in the warmer in case you woke," he said, dishing out the stew.

My stomach growled louder at the smell of it. "Thank you. Right now, I think I could eat a bear."

"Bears are endangered. It's illegal to hunt them," he said, eyeing me seriously.

"I wasn't...I didn't..." I sputtered and then sighed. "It was an illustration. I didn't mean I'd actually eat one."

"Uh-huh." Jeb set the bowl and spoon down on the table. "Have a seat."

Muttering beneath my breath, I sat and pulled the bowl closer. After the first hesitant spoonful, I inhaled the rest. I swallowed the last spoonful and stared down into the bowl. How bad would it look to Jeb if I licked it clean?

"Want more?" He stood leaning against the kitchen counter, arms crossed over his chest.

"Yes, please." I lifted the bowl.

He took it, filled it, and placed it on the table in front of me.

This time I was able to slow down and enjoy the flavor. "This is good. Rabbit stew, you said?"

"Yes, I raise rabbits for food."

My spoon hesitated on its journey towards my mouth for just a second before I gave a mental shrug. Out of the store or fresh off the farm, what difference did it make? None, as long as I wasn't expected to kill and clean it. I polished off my second helping and sat back with a contented sigh. "Thank you. That plugged the hole in my stomach."

His expression remained solemn. "You're welcome. Like I said, you haven't eaten anything since breakfast yesterday morning."

"So, you have animals?" I asked, wanting to learn more about him.

"Chickens, rabbits, a few goats, cats, and dogs." Jeb washed my bowl and spoon and placed them in the dish drain.

"What about horses? I assume they'd come in handy on a farm," I mused aloud.

"Negative. I use all-terrain vehicles to get around on the property, or the truck. Horses are a bit more high maintenance than I want to deal with. Want something to drink?"

"Water would be nice." When he set the glass in front of me, I said, "Have a seat."

His brow rose but he joined me at the table.

"You said you didn't want to spend the coming winter alone. What else sent you seeking for a mate, besides the need for company?" I asked.

"You mean, what were my expectations?" he asked.

I nodded. "This mate, when you found her, what did you expect? How did you see the relationship progressing?"

Jeb sprawled in his chair, looking large and very male. "Not mate. You. What do I want from you?" he corrected, making it clear he believed his search was over.

"Me," I agreed. We were done dealing with generic descriptions. This was between Jeb and me.

He gave a slight nod of approval. "For you to be with me."

"Be with you," I repeated slowly. "What does that mean?"

"It means like it sounds. I want you with me, wherever I go. I don't know how else to say it. It isn't rocket science," he said, sounding annoyed.

I narrowed my eyes. Jeb wasn't the only one irritated. Counseling myself to be patient, I said, "You want a stay-at-home wife. What about my job?"

"What about it? Didn't you say you were eligible for retirement? Isn't that why you sought out a matchmaking service? And not just any, but one that served the infected? You had to know that finding a match meant you'd have to change your whole way of life. It's not like I can uproot myself and come live with you in the city," he said. "Wouldn't, even if I could. Country living suits me the way city-dwelling never did."

I snagged the saltshaker in the middle of the table and slid it back and forth between my hands. "I know. That was my one reservation. The uncertainty of who I'd be matched with and where I'd have to relocate to be with them. There's comfort in the familiar."

"There's also loneliness. To get something different, sometimes you have to do something different," he said, eyes locked onto mine.

Something passed between us. A visceral attraction I felt down to my toes. My face flushed and my nipples tightened. A subtle change came over Jeb. The fingers drumming on the table stopped and a stillness settled over him.

One heartbeat. Two. Three. Our gazes held until I finally managed to tear mine away. Whew! Down girl, I thought as I glanced across the kitchen and out of the window.

Clearing my throat, I resisted the urge to wipe the bead of sweat off my forehead. Was it hot in here? That wood stove sure pumped out a ton of heat. "So..."

Jeb's voice dropped a few decibels. "Yes?"

"Um, what would I do all day? I'm used to working twelve-hour shifts," I said, finally remembering the purpose of this conversation.

Jeb leaned forward and rested his forearms on the table. "There's always something that needs doing. If you don't want to help with the livestock, there's food to be harvested. Winter is coming and living out here in the wilds means we can't just run to the nearest restaurant or grocery store whenever the mood strikes." Jeb gestured at our surroundings. "I know it isn't much. I'm a simple man and don't require much more than a roof over my head, a safe place to lay my head, and protection from the elements. The house is yours to do with as you please, as long as it doesn't compromise our safety. Don't women like to feather their nests?"

"You won't mind?" I asked, looking around with new eyes. Given a free hand, what would I change?

Jeb shook his head. "Not at all. I'm hoping this will be your home, too."

"Tell me more about this place. It looks like a lot of land. What does your normal day look like?"

Jeb spent time explaining what it took to run a homestead of this size. He called it living off the grid, and what that meant in terms of self-sufficiency. As someone who'd had the government intrude into every area of my life, I admitted to being intrigued by the freedom of it all.

"You do all of that and still have time to find and repair equipment to resell?" I marveled.

"I collect pieces during the summer and fall and bring them here to work on in the winter months when the snow is thick on the ground," he said.

"What about emergencies? How do you call for help if something happens?" I asked.

"Most of us have ham radios. I also have a satellite phone I pull out when necessary," he said, making me feel a whole lot better.

Outside, the sky turned to gray as daybreak neared. I took another look around the interior of the house. I could make a home here. Lord knows I'd lived in worse. Jeb, for all his grumpiness, had an inner core of integrity that appealed to me. Marriages had been built on less.

"I know you have a lot of work to do. Do you think you can spare a few hours to return to my apartment for the rest of my belongings?" I asked.

Again, that hunting stillness settled over him. "You'll stay? What about the two-week trial period?"

I physically waved that away. "I've never been one to do things by half measures. If I really want a relationship between us to work, I have to throw everything I have into it." Hadn't Jeb done so by breaking the rules and bringing me here?

He shoved out of his chair. "We can go now."

I slowly rose from my seat. "We could, if that's what you want to do, but first I think we should consummate our relationship."

Chapter Twelve

Pia

"What did you say?" Jeb asked in a quiet voice.

"I said we should consummate our relationship. Consummate means—"

"I know what it means," he snapped. "Are you sure?"

I faced him from across the small wood table. "I'm sure."

Jeb braced his hands on the table surface as though he were physically restraining himself. "Pia, you have to be absolutely certain, because once I get my hands on you, I'm not going to stop if you change your mind. I won't be able to, so if this is some kind of game..." He let the threat hang.

My hands settled on my hips and I glared at him. "I am not a child, Jebediah Wyatt, and I'm not some skittish virgin. I know what I want and if I say I want to have sex with you now—"

Jeb moved so fast, it startled a squeak out of me. In a flash, he had me up and over his shoulder. The impact of my stomach hitting hard packed muscles pushed all the air out of my diaphragm. I gasped, trying to suck in air, mouth moving like a fish out of water. Weakly, I pounded his back with my fist.

We entered the bedroom and Jeb tossed me onto the mattress. "Don't move," he commanded.

I couldn't have if I wanted. Easing onto my elbows and with my eyes closed, I inhaled and exhaled deeply as I slowly counted to ten. When I finished, I opened my eyes again and the sight that met me threatened to steal my breath again.

"Damn..." That's all I could say. I knew Jeb had muscles, but he was seriously ripped. Not an ounce of fat on him. Suddenly, I wasn't feeling so confident about my own level of fitness.

"Let's get these off." Jeb grabbed the legs of my sleep pants right above the ankles and jerked. The pants flew off, nearly taking me with them. I spread my arms wide to brace myself and keep from sliding off the bed.

Jeb sucked in a deep breath, and then he was on me. He used the size of his body to force my legs apart and seconds later, he was inside of me. I exhaled sharply and my back arched with the pain of his intrusion. I'd been wet, but not enough for someone of his size and girth. To put it bluntly, Jeb was hung like a large animal.

"Shit, shit, shit. Sorry, sorry, I'm so sorry." Even as Jeb apologized, his hips kept pumping, edging him deeper and deeper inside of me.

I punched his arm. "Damn it, Jeb. You ever hear of foreplay?"

He growled, his face inches from mine. "I said I'm sorry. I've been smelling your arousal since the night we met. I thought you were ready for me."

"You thought wrong," I snapped, even as I widened my thighs and arched my hips to take him deeper. The pain had passed, and simply put, Jeb felt amazing. I felt it the instant he bottomed out.

Jeb glanced between us to where we were joined, and a shudder racked him. "I knew it would be like this. Feel like this."

He lowered his upper body so that we were pressed together from shoulder to hips. Then he rotated his hips, grinding our pelvises together in a circular motion. I lit up like a pinball machine. The move applied stimulation to both my clit and g-spot. I wrapped my legs around his back and the feeling intensified.

"Oh god," I moaned. "Jeb. Jeb!"

"Yeah, baby? Told you I'd take care of you."

I began to shake as the pressure in my core built. Grabbing his muscular ass, I dug my fingers in and guided Jeb in the exact motion I needed. I'd never met a man who could fuck without thrusting. I was so wet now, our thighs and the bedding beneath us was saturated with it.

"Jeb...I...god...Yes! Yes! Yes!" My neck strained and arched as the orgasm rushed through me. Every muscle in my body tightened and I felt my core contract, trying to squeeze the sperm from Jeb's cock.

"Again," he demanded and kept up the same maddening movements.

"Jeb!" It was a protest. A plea for mercy. I'd never come that hard in my life. My clit was super sensitive, riding that fine edge of pain and pleasure.

"Again, Pia." Jeb grabbed my relaxed thighs, which had slumped open with my release, and lifted my legs onto his shoulders. The position allowed him to sink deeper and gave his pubic bone more direct contact with my mons. The root of his penis activated all types of nerve endings in my vagina.

I was going to be walking funny for a week after all of this, but at the moment, I couldn't bring myself to care. I screamed and clawed the bedding as another climax ripped through me.

Finally, *finally*, Jeb began to thrust. He rode me hard and deep, cursing and mumbling under his breath the entire time. My core still twitched with aftershocks when Jeb stiffened above me, gave his hips a few shallow pumps, and then collapsed on top of me. We both lay in silence, breathing heavily and covered in sweat. It took time for our heart rates to slow.

Jeb brushed a kiss against my temple. "Still want that foreplay?"

"Ha. Ha. Very funny."

"You sure? As your man, it's my duty to make sure you're completely satisfied. It's in the contract," he said.

I turned my head so we were nose-to-nose. "What contract?"

"The Mate Match contract. It was in the terms of agreement. You have to be completely satisfied with me in every area, or I have to give you back."

He had to be shitting me. I stared into his dark eyes in disbelief. "Are you serious?"

Jeb arched one eyebrow. "Completely. It's your escape clause."

Frowning, I studied him. "Jeb, I don't need an escape clause. What we have, this is going to be forever because we're both going to do the work necessary to make it happen."

Jeb frowned, and his expression reeked of skepticism. "Uh-huh. Don't forget you have two weeks to make your final decision."

I cupped his jaw. His beard was soft under my fingers. "I've made up my mind. You are what I want. I know this lifestyle will be a major adjustment, but I happen to think you're worth it, Jebediah Wyatt."

"Time will tell." He slowly separated our bodies and stood. "I need to go check on the animals."

"Can I come with you?" I pushed to a seated position. Already I could feel the start of a muscle ache between my legs. The walk would do me good. So would a soak in a hot tub. Unfortunately, I hadn't seen a tub anywhere.

"Dress warm and put on sturdy shoes." Jeb plucked his clothes from the floor and left the bedroom.

Chapter Thirteen

Pia

We never did make it to my apartment. As Jeb had said, maintaining a homestead was hard work. We literally worked from sunup to sundown, only stopping to fuel our bodies and hydrate. I don't know how he did it all by himself.

Jeb taught me how to care for the chickens, which included feeding them and cleaning out their pen. Nothing was wasted, not even the poop. It went onto a compost pile to be used as fertilizer later in the garden. My hands got pecked several times before I figured out how to grab the eggs without angering the protective hens.

I learned how to milk a goat and make cheese. It had a different taste from the cow's milk I was used to, but surprisingly enough, my body digested it easier. The bunnies were cute, but I couldn't enjoy them knowing that before long, each one would end up on the dinner table. As Jeb repeatedly reminded me, the animals weren't pets. I was not to get attached. All of them were food and I needed to keep that in mind or become a vegetarian. I liked meat too much to do the latter, so I heeded his warning, no matter how cute and adorable they were.

Jeb and I fell into an easy rhythm. I was a fast learner, and before long he was able to designate several tasks to me, freeing him to do others. He was rarely far from my side. When he couldn't be near me, he never wandered out of sight.

Out of all I learned and observed over the two weeks, the thing that concerned me the most were the weapons. Jeb was never outside without his rifle.

"You know how to shoot a gun?" he asked, my first official day on the farm.

"No."

"I'm going to teach you."

Frowning at him now, I asked, "Is it necessary?"

The cool stare he shot me made me feel like an idiot. "Yes. You need to know how to protect yourself. This isn't the city. The wilds are dangerous. I just got you. I don't need you getting yourself killed because you're squeamish about handling a weapon."

"I'm a nurse, Jeb," I reminded him. "My instinct is to save lives, not take them, but you're right. Here, you're the expert. If you say I need to learn how to protect myself, then that's what I'll do. When do you want to start?"

"Today."

So, every day, Jeb taught me how to shoot using various guns. I didn't like them. They were noisy and jarring. The smoke from them stank, and the recoil hurt my arm until I learned how to brace against it. Once I'd learned all of the safety precautions and could hit the trunk of a tree, Jeb began teaching me self-defense techniques, using a knife.

His eyes always held an underlying grimness. I didn't know what put it there, or why he was so safety conscious. More than our living circumstances warranted, I believed. The thought of what made him that way might have kept me awake at night worrying if I weren't so exhausted by day's end. It could have been the daily chores. Most likely it was Jeb.

The man was insatiable. He fucked me first thing in the morning, last thing at night, and whenever the mood struck during the day. Anything could trigger him. A flash of tit, the sight of my ass when I bent over, or me licking my lips a certain way. I might have egged him on. I mean, come on. Jeb gave phenomenal orgasms, and I'd been too long without. The man had a cock that made my mouth water to taste it, and a face and body that got me wet just looking at it. I'd have to be stupid not to take advantage of him.

I'd learned that Jeb did indeed know what foreplay was. The man excelled at anything he put his mind to, and sex was no exception. Those other women had been fools. Their loss was my gain. Signing up with Mate Match and leaving the Mate Run with Jeb? Best. Decision. Ever.

Jeb was gruff and demanding, rarely smiled and only spoke when he had something to say. He was also protective, attentive, and loving in his own way. In short, once you got past the tough exterior and rough manners, Jeb was a marshmallow.

I'd been with Jeb three weeks before we decided it was time to go collect my things. The end of the month was nearing, and rent would soon be due. I wanted to have my things removed before then to save money. The job wasn't an issue. Unbeknownst to Jeb, when I'd contacted my boss to inform him I was taking emergency leave, I'd also emailed my retirement paperwork to the pension office. If I didn't retract them within thirty days, the process was automatic once all of my vacation leave and sick days ran out.

Riding into New Town was a shock. The noise, the people, the sheer busyness of everyone and everything overwhelmed my senses. Jeb noticed my tension. "What's wrong?"

I waved a hand, indicating our surroundings. "This. Everything. It's too much. How did I stand it all those years?"

He snagged my hand and held it in his. He'd been doing more things like that lately, touching me with affection. "It was all you knew."

"Yeah." Suddenly, I couldn't wait to get back to our place. If there'd been even a hint of doubt about whether I'd made the right decision, it had been eradicated.

We made short work of packing up my things and loading the truck. Once he got a good look at Jeb's hulking presence, the landlord accepted my breaking the lease with no protest and without penalty. He returned my security deposit, wished me good luck in my new life, and agreed to forward my mail, all while keeping a wary eye on Jeb.

I patted Jeb's arm as we left the apartment complex. "You're a good man to have around, Jeb Wyatt. That went much easier than I'd expected."

Jeb flashed me a grin, startling me with how happy he looked in that moment.

Our next stop was Mate Match so we could finalize the paperwork and collect my personal belongings. Jeb had driven the big truck that he used for scavenging so that all of my furniture would fit in the back. A brief argument ensued when I offered to spot him as he backed into the business's small parking lot.

"How are you going to spot me when you don't know how to drive?" he asked.

I huffed. "I don't have to know how to drive to be able to see if you're about to hit something."

Jeb looked around and checked all of the mirrors. "Fine. Stand on this side where I can see you in my mirror." He pointed to the driver's mirror. "Guide me back, but don't get so consumed with watching me that you forget to pay attention to your surroundings. If someone approaches or makes you uneasy, yell for me."

I patted the knife strapped to my thigh. Surprisingly, I'd taken to knife training much better than the guns and felt naked when I didn't have one on me. "I'm armed."

"Pia." His voice was stern.

"Okay, okay. Geesh." I hopped out of the truck to his muttered curses.

Jeb parked and locked the truck. Still glancing around like he expected to be attacked at any moment, he joined me on the sidewalk. He slid an arm around my waist as we walked toward the mirrored glass double doors with the Mate Match name and logo etched on it. Jeb held open the door and I walked inside.

The young, pretty receptionist looked up with a smile. "Welcome to Mate Match, where your perfect match is just one test away. How may I help you?"

The waiting area was empty. There were a few office workers seated at desks, most on the phone. Off to the side in an alcove were a few ladies on computers. Most likely customers completing the intake survey.

"I'd like to see Jillian. She has my belongings," I said.

The receptionist maintained her smile, even as she kept sneaking glances past me at Jake. "Your name?"

"Pia Montgomery," I said.

The woman's smile faltered before a strained version of it returned. "Did you say Pia?"

"Yes," Jeb and I said together.

"One moment, please." The receptionist pushed a button on her panel, turned so that her profile was to us, and spoke quietly into her headset.

I gave Jeb a "what the hell?" look.

She bobbed her head a few times at whatever was being said, casting wary glances in our direction. After saying a final "Yes, ma'am," she tapped her headset again and turned to face us. Once again, her smile was false, and her gray eyes were anxious. "Jillian will be with you in a moment. If you'd like to have a seat in our waiting area?"

"Here is fine," Jeb said.

The woman glanced at him, nodded, and turned her attention to her computer. Somewhere deep in the building, a door slammed and the tap-tap of high-heeled footsteps strode rapidly toward us. As soon as Jillian spotted me, she bellowed, "Where the hell have you been?"

Chapter Fourteen

Pia

Jillian looked like a rabid dog. All that was missing was the foam around the mouth. Her perfect white teeth were bared in a savage snarl, and her eyes squinted with fury.

I stiffened. "What?"

"Where. The. Hell. Have. You. Been?" she shouted, spacing each word out. She jabbed a finger at me as she stalked forward. "Do you know the hell you caused with your disappearing act?"

Seriously confused, all I could do was stare. A tall, muscular back suddenly blocked my view. Jeb stepped forward, and one long arm reached back to keep me behind him. "No." That's all he said, his tone sharp.

Bracing my hands on his waist, I peeked around him in time to see Jillian jerk to a halt. "Who the hell are you?"

Concern joined my confusion. Jillian didn't know who Jeb was? Had Jeb lied to me?

Jillian stared hard at him. "Wait. I know you. You're that guy. The one who ran off all his matches. How many was it? Ten?"

"Five, no more than six," Jeb gritted out.

Jillian waved her hand, dismissing his words, and focused on me. "You broke the rules, Pia."

I came from behind Jeb to stand beside him. "How? I ran in your stupid hunt, was caught, and went with my match. Just like you said. Or rather, like Danny said because you didn't explain jack." Jillian had been in the van sulking.

"He isn't an eligible suitor," Jillian said, jabbing her forefinger again, this time at Jeb.

"What do you mean he isn't eligible?" I asked.

165

At the same time, Jeb said, "The hell I'm not. I paid your damned fees. I'm still a client in good standing, and lady, if you want to keep that finger, I suggest you stop pointing it."

"He wasn't invited to the hunt. He didn't review the matches. His being there was a violation of the rules," she said, still speaking to me and totally ignoring Jeb.

"Screw your fucking rules, lady. Your rules are the reason I've worked my way through six unsuitable matches," Jeb argued.

Jillian sucked in a sharp breath and her lips pressed together like she smelled something rotten. "Our methods have been scientifically proven. We have an excellent track record with the exception of *you*." She snapped her fingers, like she was calling a dog to heel. "Come, Pia. This simply won't do. You have to pick someone else. Gerald is waiting. I promised I'd call when we found you."

"That prick?" Jeb asked.

"Who is Gerald?" I asked, probably looking as bewildered as I sounded.

"The guy who thought he was going to take you from me," Jeb said, giving me a look over his shoulder.

I screwed up my nose and eased up to stand by Jeb's side. "Him? No, thanks. Jillian, I'll tell you what I told him. I choose Jeb. He caught me first."

Jillian gave Jeb a look of disdain. "Mr. Wyatt had no business being there. Gerald is your mate. He's a perfect match for your profile."

"Too bad, so sad for Gerald. Tell the loser I said to find another woman. This one is mine," Jeb declared, placing his arm around my shoulders. I leaned into his warmth.

Jillian narrowed her eyes, her dislike of Jeb palpable. "Pia?"

I reached up and linked my fingers with Jeb's, presenting a united front. "I've made my decision. Jeb is the man I want to spend the rest of my life with."

Jillian squared her shoulders and firmed her mouth. "I see. I'm afraid you leave me no choice. You two are hereby banned from this business. We're removing your names as clients and forfeiting your refunds. If it's the last thing I do, I'll personally make sure no other matchmaking service takes you on. Pia, if you change your mind and decide to do the right thing, you know how to contact me."

Jillian sniffed and turned to leave.

Jeb whipped out his gun, cocking the hammer. "Not so fast."

The receptionist gasped and dove onto the floor. Jillian turned pale, all the blood draining from her face. "Stephan, call the authorities."

"You'll be dead before they arrive," Jeb said coldly.

Jillian swallowed hard but bravely stared him down. Pia had to admit. The woman had balls. "What do you want?" Jillian asked.

"We came for Pia's purse and belongings, and we're not leaving without them. Stephan, go ahead and call the police. We'd be delighted to tell them how Jillian here has Pia's purse and identification and is refusing to return it to her. I believe that's called theft," he said.

"Don't forget my mobile phone and work bag," I added.

"Mobiles are expensive. That might bump the charges up to Class E crime. What do you think, Pia?" Jeb asked, his gun hand never wavering.

"Easily. I just upgraded to the newest model. Phones are very expensive," I said.

"Then there's the little matter of kidnapping. I don't believe Mate Match would fare too well if word of their methods leaked to the general public," Jeb said.

Jillian's hands fisted at her sides. "You can't say anything about it. You're bound by a nondisclosure agreement."

Jeb shook his head and tsked. "Now see, that's where you're wrong. I *was* bound by an NDA, but you just terminated my contract. Both of ours, to be exact. So, you'll have to forgive me if I'm not exactly feeling loyal to the company."

Remembering Jillian's reaction in the bunker when she'd gotten that call, I mused aloud, "Gee, Jillian, I wonder what your bosses will say when they find out. Tell me. Are they still mad at you for taking Cara's son and holding him hostage?"

I could literally hear Jillian gritting her teeth. We'd backed her into a corner, and she knew it. "What do you want?"

"First, you're going to give my woman her belongings," Jeb said.

"Stephan," she snapped.

The young man rose from his desk, disappeared in a back room, and returned minutes later with a sealed, black plastic bag. As he got closer, I could see my name on it. Watching the weapon in Jeb's hand warily, he handed it to me and quickly backed away out of the line of fire.

"Make sure everything's inside and all of your cards are there," Jeb said.

Jillian sucked in a sharp breath. "The staff of Mate Match are not thieves. Nothing was taken."

"Can't tell by me," I muttered while opening the bag. "You're quick enough to threaten to keep people's money."

"That's different," Jillian snapped.

"It's all in here," I told Jeb. As I glanced up, I noticed the three women had stopped what they were doing and were watching everything with avid interest. "Hey, you might want to think twice about what you're doing. Mate Match found me a mate, but some of their practices are questionable."

"Questionable, how?" the woman who appeared to be my age asked.

"Did you say kidnapping?" another one asked.

"Forget the kidnapping. Did you say they held someone's child hostage?" the third woman said. She reached down and picked up her purse. "That's not something I want to be a part of. Come on, Millie. There's another agency down the street. The reviews weren't as good as this place, but clearly there's a lot going on here that the company keeps quiet."

The two women walked out. After a moment's hesitation, the third one followed.

"Oops, I guess we just lost you some business. That's got to hurt," I said.

"You have your belongings. Please leave," Jillian said in an angry undertone as she closed her eyes and pinched the bridge of her nose.

"Not yet. We want the documents certifying us as an official Mate Match pairing signed and in our hands. We'll file it at the courthouse ourselves. Keep the money. You earned it," Jeb said.

"Tiff," Jillian snapped.

The receptionist glanced up when her name was called and slowly got off the floor. She pressed a few buttons on her computer and soon a document spit out of the printer. Handing us a pen, Tiff said, "Sign here and here, please."

Jeb passed me the gun, scanned the document, and signed where indicated. When he handed me the pen, I returned his weapon and did the same. The receptionist signed as a witness and then stamped it with the Mate Match seal. After blowing on it a few times to get the ink to dry, she ran it through the copier. "Here's the original. We'll keep a copy here for our files, and there's an extra copy for your records."

"Thank you," I said, accepting the documents.

"Let's go," Jeb said.

He holstered his gun and began turning us to go out of the door.

Giving Jillian a brilliant smile, I said in my most sarcastic voice, "It's been a pleasure doing business with you. I'll be sure to recommend Mate Match to all of my friends."

Chapter Fifteen

Pia

I sat on the porch, leaned back in the wood chair, my bare feet up on the rail, and the shotgun propped nearby. Jeb was in the garden, shirtless and sweaty, tilling the soil. Today marked the one-year anniversary of the night we'd met. I glanced briefly at the gold band adorning my ring finger before my gaze returned to my own personal eye candy. Just the sight of the sun playing on all of those golden muscles was enough to make me wet.

The last year hadn't been all roses and sunshine. Jeb was surly and antisocial. Some days he had the disposition of an emergency room doctor, twenty-five hours into a twenty-four-hour shift with no end in sight, going through caffeine withdrawal. The man had severe separation anxiety where I was concerned. I had to make a huge adjustment in my definitions of privacy and personal space. Oh, and let's not forget his continued ban on anything resembling wi-fi in the house.

About that ban... Turned out the man had a computerized command center deep in the woods. Here's how I'd found out about it...

After we'd left Mate Match and the irritating Jillian, Jeb had been in a lather. He'd kept it together while we'd filed the paperwork at the courthouse, officially making us husband and wife.

I didn't know we were going ring shopping until he stopped in front of the jewelry store, and I doubted he said more than five words inside. We entered the store, and he pointed at the display case. "Pick one."

When I'd made my selection, keeping it as simple as possible, he'd turned to the clerk. "How much?"

Once informed of the amount, he pulled out his card and paid. We'd walked out wearing matching bands.

The drive home was silent with an underlying tension that seethed. Jeb was the one seething, not me, although I hadn't been happy with Jillian's attempts to separate us. At the house, Jeb parked the truck near the porch for easy unloading. He got out and grabbed my electronics, which he'd placed in a separate bag. When I opened the door and reached to grab a box, he said, "Leave the rest. We'll get it when we return."

"Are we going somewhere?" I asked as he hustled me out of the truck and onto a three-wheel, all-terrain vehicle.

He grunted in response.

I held on for dear life as Jeb seemingly made his own path through the woods. A glance behind showed that between all the leaves and pine needles on the ground, the wheels hadn't left a track for anyone to trace. Somehow, I thought that had been his purpose. We pulled in front of a nondescript shack. Jeb turned off the motor and then just sat.

"What are we—"

"Shh!"

The man had shushed me. I rolled my eyes. Alrighty, then.

He glanced around, studying our surroundings and listening. When the wildlife and insects began singing their songs, Jeb climbed off the bike. "Come on. It's safe."

"Paranoid much?" I asked, sarcasm heavy.

"You bet. It's what keeps me free and alive." He put his key in the lock and opened the door.

I stared at him, feet frozen to the ground. "Are you on the lam? If so, I think that's information I should have known before I signed on the dotted line."

He glanced at me, his eyes full of mystery. "Let's just say I'm a highly sought-after commodity."

Exasperated, I put my hands on my hips. "What does that mean?"

"I'll explain—*inside*. We're too exposed out here." He motioned with his hand for me to enter and after a cautious glance around, I obeyed. Jeb's paranoia was contagious. What was that famous quote? *'Just because you're paranoid doesn't mean they aren't after you.'*

From the outside, the shed looked like a good, strong wind would knock it over. Closer inspection revealed it to be very well constructed. It had a bed, a wood stove, and a few shelves with canned goods on them. It reminded of the line shacks I read about in western novels or the hunting cabins I'd seen in movies.

Jeb moved the floor rug, revealing a large trap door in the floor. He opened it and motioned me down. I glanced in. "It's dark."

"There's light at the bottom," he said.

I didn't see a light. Not even a hint of one. "How far down does this go?"

"Pia." Jeb's tone said he'd lost his patience.

Heaving a put-upon sigh, I started down. The ladder had a slight angle to it that made going down easy. No worries about slipping and falling. I climbed down at least one flight, maybe two before I saw a glow. I stopped worrying about the all-encompassing darkness and began stressing about oxygen. What if we got trapped below ground?

My feet hit solid rock and I stepped off the ladder, moving to the side to make room for Jeb who was right behind me. I followed him around a corner and abruptly halted. One wall was filled with monitors that showed every angle of the homestead. It looked like a satellite view. There were computers and communications equipment.

The latter I discovered when Jeb hailed someone and got a response. Their conversation floored me. They spoke mostly in code, but I was able to decipher two things: Jeb not only knew the owners of Mate Match but was himself a silent partner in the venture. The second thing I learned was that Jeb was a firm believer in the motto: *Don't get mad. Get even.*

He was pissed with Jillian, and if the woman had a job after today, I'd be amazed. Jillian was about to learn you really needed to be careful when dealing with the infected because you never knew who was connected to whom. After dealing with her and her superior attitude, I didn't feel sorry for her in the least.

When Jeb got off his call, I said, "I thought it was uncomfortable for the infected to be around electronics?"

"For most of the infected it is, but I'm prime." He took out my tablet, cellphone, and laptop and set it on the table in front of him. From a desk, he withdrew a screwdriver.

"Prime? What does that mean? *And what are you doing with my stuff?*" I asked in alarm.

"Disabling the tracking device," he said, bent over his work. "I'm ground zero. The first test subject the virus worked on as it was designed to do. Everyone else has a bastardized version. The government scientists were never able to replicate the results they had with me."

My mouth dropped open. I knew Jeb had been in the military. The virus had begun as a result of our government playing god, trying to create a super soldier. I hadn't realized Jeb had been one of the test subjects. "How old are you?"

He didn't even glance up. "Old enough. If there's anything you want downloaded from the internet to your tablet or laptop, do it here. This area is secure. Once we get out of here, the wi-fi will be disabled. I'm storing your phone in here. It won't work out there anyway."

"Where are we? What is this place?" I asked as I logged onto my favorite bookstore and purchased enough reading material to keep me going for a few months.

"An abandoned mineshaft. Another tunnel runs under the house. I'll teach you how to navigate the tunnels, in case anything happens," he said.

"Why all of the precautions?" I scrolled through the store, hunting for books not just to entertain me during my precious but limited free time, but also books to educate me on this new lifestyle I'd embraced.

"Because not only am I the origin of TS391, but my blood is also the source of the antiviral. The only one they've found," he said, sounding grim.

I stared at him, my mouth hanging open. Precious commodity indeed.

Chapter Sixteen

Pia

"You make enough for me?" Jeb asked, appearing at my elbow.

His sudden appearance yanked me out of the past. I startled and almost flipped over the chair. Jeb caught it and righted me.

"What did you say?" I asked, a hand pressed to my heart. The man moved like a cat—silent and stealthy. You'd think I'd become used to it.

"I asked if you made enough for me," he repeated, motioning to the mason jar of pressed apple juice sitting by the leg of my chair.

"That's yours. I drank mine in the house." It was apple season, and I'd discovered a love for homemade apple juice and cider. I baked pies, made turnovers and dumplings, and canned apples for the off-season months. With three apple trees, we had an abundant supply. What we didn't keep, Jeb sold.

He scooped up the glass, bending so close I got a good whiff of man, sweat, and dirt. Jeb opened the jar, brought the glass to his mouth and took several healthy swallows. The bobbing of his Adam's apple mesmerized me. I took a finger and slowly dragged it along his ripped abdominal muscles. "You need a shower."

Heat flared in his eyes as he lowered the jar. "Yeah? You joining me?"

I licked my lips, loving the way his eyes tracked the motion. "You know I'm all about water conservation. You done?"

He ran his gaze over me. Though the breeze had a hint of chill, here in the sunshine it was deliciously warm. I wore a thin gray t-shirt that molded to my unbound breasts. A pair of cut off shorts covered my lower body, leaving most of my legs bare and sun kissed. Even my toenail polish was the sexy red that Jeb preferred.

"I am now," he said, his gaze returning to mine.

Jeb hauled me out of the chair and toted me under one arm like a sack of potatoes. I laughed at his caveman behavior. I'd thought it before and would probably think it again: the women who'd rejected this man were fools.

He strode through the main room where our dinner was already in the crockpot cooking, straight into the bathroom and set me on my feet. "Off," he demanded, motioning at my clothes.

Jeb reached for his zipper, and I brushed his hands away. "Let me."

He reached up, grabbed hold of the top of the shower enclosure, and stared down at me, his eyes narrowed and focused. I tugged open the button and slid my hand inside his pants. Jeb went commando around the farm. He was already hard and ready for me. I wrapped my fingers around the silken skin.

With my free hand, I lowered the zipper to give my occupied hand more room. He sprang free as I shoved his pants to his hips, and I stroked him from base to tip, loving the sight and feel of him. Jeb was thick and long. Frankly, his cock was the most beautiful one I'd seen in my life. As a nurse, I'd seen plenty. I'd never been one to worship the male body, but this man could make me a convert.

"Pia," he groaned.

"Yes, husband?" I asked, glancing at him from under my lashes. He loved it when I verbally claimed him.

He breathed in deeply and released it in a controlled measure. "You're trying to make me lose my shit."

I rubbed my thumb over the tip of his penis and spread the precum around the sensitive head. "Would I do that?"

His cock jerked in my hand and swelled to larger proportions.

"Yes, hellcat, you would. You keep doing that and I'm going to fuck you so hard, you'll be walking bowlegged for a week," he warned.

I gave his shaft a hard squeeze and a tug, and then slid my hand down to cup his balls, all the while grinning up at him. "Promise?"

The man *moved*. My shirt and shorts hit the floor. Jeb wasn't the only who liked to go commando. He had me in the shower with my back against the wall in seconds. "You were saying?"

Jeb could do slow and sweet. He could also do long and drawn out, playing with my body until I thought my nerves would jump out of my skin. But the man excelled at hard and deep, and he'd taught me to love receiving that kind of rough loving as much as he loved giving it.

Lifting my leg, I wrapped it around his waist, tilted my head to the side, and fluttered my eyelashes flirtatiously. "You know how much I love a good, hard fuc—Oh!"

Jeb rammed inside of me. As he retreated, he grabbed my ass, lifted me higher for deeper penetration, and delivered exactly what he'd promised. I curled both legs around him, linking my feet at the small of his back. The move opened me up to him and allowed Jeb to do whatever he wanted. All I had to do was hold on.

The bathroom filled with the sounds of grunts and panting, and the wet smack of flesh on flesh. Jeb wasn't a talker at the best of times, but when he got like this, he became monosyllabic.

"Fuck!"

"Yes!"

"Take it!"

"Like that!"

"Bite me."

At his command, I dug my nails into his back and buried my teeth into his shoulder.

"Fuck, yeah!" he shouted, throwing back his head.

The sex between us was wild and untamed, as untamed as the infected. I wasn't one of them—the years' worth of mandatory vaccinations prevented me from getting the virus, even now. Yet Jeb had still managed to bring out my inner beast, and I loved every moment of it.

I came hard. Jeb used his chest to press me into the wall, holding me up as my grip on him loosened. A few more thrusts and he finished in me. We slowly slid to the floor with me sitting on his lap. I kissed the tender skin behind his ear. "You're still sweaty and dirty."

I felt his lips move into a smile where they rested against my shoulder. "Just the way you like me."

I ran my fingers through his hair, scraping my nails along his scalp in a subtle caress. "What can I say? We were made for each other."

Jeb straightened so he could see my face. "I know I can be a pain in the ass, but you'll never find another man who loves you as much as I do. And if you do, I'll kill him."

The comment startled a laugh out of me. It was so Jeb. I cupped his face. "I love you, too. You may be a pain in the ass, but you're my pain in the ass. You know today is our anniversary?"

"Is it?" Jeb stood, turned on the water, and adjusted the temperature.

"Yes. A year ago tonight is when we first met," I told him, standing and reaching for the soap.

"Huh," he said, seeming uninterested.

Jeb didn't keep track of dates, just seasons. Which I guess made sense, living out in the middle of nowhere as we did. We didn't have to monitor when the trash would be picked up or what days bills were due. Our lives revolved around the changing seasons, seedtime and harvest, and caring for the animals.

Undeterred, I continued. "I cooked us a special dinner and made pie for dessert. I thought afterwards, when night fell, we could recreate our first meeting."

He glanced at me, eyes narrowed. "Recreate, how?"

I'll admit, I got distracted watching the water stream over his muscled body, making it glisten.

"Pia?"

"Huh? Oh yeah," I said, snapping back to attention. "I thought you could chase me again. Only this time, we'll both be naked."

Jeb squirted body wash on a washrag and tossed it at me. It hit me in the chest with a wet smack. Then he spread the liquid all over his body and began to scrub in fast, efficient movements. "Hurry and wash."

"What's the rush?" I asked, smiling.

"We have an anniversary to celebrate," he said.

I laughed at his eagerness but did as commanded.

*****

Hours later, I ran through the woods surrounding our house. Naked except for the knives strapped to my thighs and the running shoes on my feet, I wondered about the other women who'd started this journey with me. Particularly, Cara and Cherise. Had things worked out between Cara and the man who'd agreed to take her and her child, sight unseen? Had Cherise found someone with whom she could bond? I hoped all the women had been as fortunate as I. Jeb was everything I'd hoped and hadn't known to ask for. He was everything.

Author's Note

Thank you so much for purchasing and reading this book. I hoped you enjoyed it. Please consider leaving a review on Amazon.

If you like paranormal shifter stories, I invite you to check out my True Mates series. Or, you can check out Reyna's Vampyr, a different take on shifters and vampires.

The next book in this series is Mate Run: Cherise. This sub-genre is new to me as an author, but I love reading it. I hope you feel the same.

Mate Run: Cherise

The year is 2124, and the world's population has been divided into two groups: infected and non-infected. Race, ethnicity, and nationality no longer matter.

Cherise Golden is one of the infected. On the run and in hiding since she was fifteen, she's had enough of being alone. She wants a mate and a family. Someone strong who will protect her from the man hunting her. Taking a huge risk, Cherise goes to the Mate Match Agency, seeking a husband among the infected.

Noah Hunter is the leader of his clan and one of the owners of Mate Match. Noah isn't looking for a woman. He came to keep an eye on things and make sure the males follow the rules. He didn't expect to find an infected woman among the potentials, or to be overwhelmingly attracted to her.

If he claims her, does Noah have what it takes to keep Cherise safe? Will Cherise trust Noah long enough to give him a chance? Ready. Set. Go! It's time for a mate run.

About the Author

Zena Wynn is a multi-published author of erotic and sensual romance in various romance subgenres: Interracial, Contemporary, Paranormal, Sci-Fi/Fantasy, and Inspirational. She writes the type of stories she loves to read—stories with great characters who, through love and determination, overcome all the challenges that come their way. Her heroes and heroines are passionately, lovingly, devoted to each other. Zena wants her characters to stick with readers long after "The End."

Website/ Newsletter subscription: www.zenawynn.com[1]

---

1.   http://www.zenawynn.com/

www.ingramcontent.com/pod-product-compliance
Lightning Source LLC
Chambersburg PA
CBHW071133200626
46817CB00018B/2930